우리 지금, 썸머

일러두기

- 국립국어원 표기 원칙에 따르되, 작가의 문학적 표현일 경우 그대로 표기하였습니다.
- 책 제목에 들어가는 '썸머'의 규범 표기는 '서머'이지만 널리 익숙하게 통용되는 표현을 따랐습니다.
- 단행본, 정기 간행물, 신문의 제목은 『 』, 영화·방송 프로그램·음반 제목은 ⟨ ⟩로 묶어 표기하였습니다.
- 각 작품에 등장하는 인물들은 실제 이름을 쓰거나 내용과 상황에 따라 가명 혹은 알파벳 이니셜로 처리하였습니다.

나의 여름 방학 이야기

우리 지금, 썸머

김	장	류	박	이	박	하	이
다	경	시	산	현	다	고	병
은	혜	은	호	석	해	운	윤

＊

나는 주로 바다에 나가 '바라보는 일'을 했다.
우주선처럼 생긴 테트라포드와 방파제, 등대,
고래처럼 보이는 먼바다의 어선들, 하늘을 덮은 양떼구름.
어린 나는 바닷가에 앉아 조개를 줍거나 모래성을 쌓으며
말없이 무언가를 오래 보는 일을 처음으로 배웠다.

나의 지나간 여름에 대하여

김다은

김다은

라디오PD로 오래 일하다 기자가 되었다. 『시사IN』 사회팀에서 일한다.
동물과 어린이를 포함해 더 많은 존재들이 안전하게 살 수 있길 바란다.
차별금지법이 통과되길 기다리고 있다. 책 『마음은 굴뚝같지만』(2018)
『혼밥생활자의 책장』(2019) 『20대 여자』(2022)를 썼다.
대구에서 태어났다는 무용한 자부심으로 대한민국 어디에서 살아도
여름은 기똥차게 견뎌 낼 수 있다고 믿는다.

1.

외할머니는 바닷가 앞에서 뜨거운 어묵을 파셨다. 아이들은 소금 냄새가 나는 몸으로 뜨거운 것을 입 안에 넣었다. 몸에서도 입에서도 김이 펄펄 났다. 여름이면 동네 아이들은 수경을 하나씩 손에 들고 바다에 모여들었다. 피크닉도 여행도 아니었으니 도시락을 챙겨 올 리 없었다. 그때나 지금이나 아이들에게 '방전'이란 용납되지 않는 단어다. 흡사 태양광 패널을 목덜미에 심어 둔 것처럼 수영할 줄 아는 아이라면 누구나 영덕 오포리 바다를 휘저어 다녔다. 한참 뛰어놀다가 출출해진 어떤 때에, 해가 기울어 젖은 몸을 털며 귀가하는 어떤 때에, 아이들은 할머니의 작은 가게에 들렀다.

외갓집은 경상북도 영덕군 오포3리 해수욕장에서 걸으면 스무 걸음 안에 도착할 만큼 바다와 가까운 곳에 있었다. 바다와 집이 그렇게 가까울 수 있다는 것이, 언제나 신기했다. 나는 이제 막 개발되기 시작한 대구의 변두리에 살고 있었다. 어릴 때 처음 살았던 아파트는 가장 높은 층이 5층이었다. 주위엔 공터나 풀밭이 있었다. 작은 언덕 하나를 넘어 초등학교에 다녔다. 지금은 대형 마트며 학원이며 고층 아파트들이 빼곡하게 들어선 시가지가 됐지만, 그때는 놀이터나 골목 말고는 놀 데가 없었다. 나는 옆 동에 사는 이웃 언니네 집에 찾아가 "언니야 노올자!"라고 외치곤 했다. 요구르트 같은 것을 두 손에 꼭 쥐고 초조한 마음으로 문이 열리길 기다렸다.

방학 때면 영덕 외갓집에 내려가 며칠씩 머물렀다. 외갓집에 가면 할머니와 할아버지, 이모들, 삼촌, 숙모, 사촌들이 있었다. 외갓집은 작은 마당을 낀 ㄷ자 형태의 한옥이었다. 초가집이나 기와집처럼 사극 드라마에 나오는 집을 떠올리는 독자가 있을까 봐 부연하자면 외갓집은 꽤나 현대적인 집이었다. 외벽을 시멘트로 쌓고 새시로 바닷바람을 막은, 30여 년이 지난 지금에 이르기까지 외사촌들을 길러 낸 튼튼한 울타리였다.

외갓집에서는 나프탈렌 냄새가 나는 낯선 이불을 덮고 자야 했다. 평소에 안 먹던 바닷가 마을 반찬을 먹고, 아파트에는 없는 아랫목의 까맣게 탄 장판에 누웠다.

그 모든 어색함 속에서도 나는 이것들이 '괜찮다'고 생각했다. 낯가림이 심했던 유년기의 내가 어떻게 그 모든 것을 얌전히 받아들였는지 여전히 알 수 없다. 마치 마술사의 실크해트 모자 같은, 영원히 답을 모를 미스터리한 것들이 그 시간 곳곳에 스며들어 있다. 흐릿하고 뿌연 기억들 사이사이에 어린아이의 상상과 모호한 감각 같은 것이 기분 좋게 흩어져 있는 것이다. 이 글은 바로 그 상상과 모호함 안의 다정함에 기대어 있다.

내가 외갓집에서 가장 좋아했던 곳은 옥상이다. 밤에 옥상에 올라가면 시야를 가리는 건물이 하나도 없었다. 어렴풋이 보이는 집 몇 채만이 몸을 웅크린 거인들처럼 듬성듬성 앉아 있었다. 그 너머에 바다가 있었다. 밤바다는 낮엔 들려주지 않았던 소리를 냈다. 들숨과 날숨처럼 반복되는 파도의 발걸음 소리, 거리를 가늠할 수 없는 곳에서 들리는 아이들의 웃음소리. 그런 것들이 노란 별을 단 검은 하늘과 이어져 있었다.

어머니는 종종 자신의 어린 시절 이야기를 들려주곤 했다. 그 옛이야기에는 밤바다에 대한 것도 있었다. 조금 큰 아이들이 어른들 몰래 허술한 뗏목을 만들어 밤바다를 항해했다는 모험담 같은 것이었다.

옥상에서 바다를 볼 때면 나는 두려움 없이 출항하는 소녀들과 소년들을 상상했다. 그들의 웃음소리가 어딘가에서 들리지 않을까 귀를 세웠다. 이준관 시인의 「여름밤」을 처음 읽었을 때 내가 떠올린 것도 검은 바다를 비춘 하늘이었다. 뗏목에 누워 손가락으로 하늘을 가리키며 소녀와 소년 들이 하는 말.

네 열 손가락에 달을 달아주마.
달이 시들면
손가락을 펴서 하늘가에 달을 뿌려라.
여름밤은 아름답구나.
짧은 여름밤이 다 가기 전에(그래, 아름다운 것은 짧은 법!)
뜬눈으로
눈이 빨개지도록 아름다움을 보자.

– 이준관, 「여름밤」

외할머니는 작은 방 한 칸을 터서 구멍가게를 내셨다. 간호사였던 막내 이모가 나와 동갑인 사촌 동생을 외갓집에 맡기고 읍내 병원에 나가게 되자, 할머니는 그 참에 작은 구멍가게를 연 것이다. '점빵'에는 어묵 말고도 색색깔 간식거리들이 가득했다. 나무로 만든 판자 테이블은 어린아이 손바닥 크기의 작은 수납 칸들로 나뉘어 있었다. 그 안엔 젤리, 캔디, 막대과자, 별사탕 등이 빼곡하게 들어차 있었다. 해 질 녘이면 할머니는 작은 손들이 건네주고 간 동전들을 그러모아 허리를 굽혀 세고, 어딘가에 모아 두었다.

그리고 그 옆엔 물을 무서워하던 어린 내가 있었다.

나는 혼자 튜브를 쓰는 아이였다. 동시에 도시에서 놀러 온 작은 손님이었다. 어릴 때부터 '호랑이띠 여자애'로 기세 좋게 살아온 나였지만, 바다는 언제나 두려웠다. 그래서 바닷물이 무릎 언저리까지 찰랑이는 곳에서만 놀았다.

사실 바다가 아니라 모래사장에서 놀았다고 하는 게 더 맞는 표현일지도 모르겠다. 하지만 물을 무서워한다는―다른 사람들은 이미 다 아는―사실이 알려져 겁쟁이가 되는 게 싫었던지라 바다에 나가기를 게을리하진 않았다. 물론 어떻게 해야

내뺄 수 있을지 늘 핑계를 찾아 두리번거리곤 했지만.

어쨌든 여름 방학 때 바다에 왔는데 수영하며 놀지 않는다는 것은 어린 나로서도 용납하기 어려웠다. '여름'이나 '방학'에 대한 배신 같았달까. 그래서 나는 주로 바다에 나가 '바라보는 일'을 했다. 우주선처럼 생긴 테트라포드와 방파제, 등대, 고래처럼 보이는 먼바다의 어선들, 하늘을 덮은 양떼구름. 어린 나는 바닷가에 앉아 조개를 줍거나 모래성을 쌓으며 말없이 무언가를 오래 보는 일을 처음으로 배웠다.

이상한 말이지만, 어쩌면 나는 무언가에 '빠져든다'는 것이 두려웠는지도 모르겠다. 밑바닥이 무엇인지 알 수 없는 곳에 잠겨 들고, 소용돌이치다 고통스럽게 1분, 2분을 견디고는 끝내 영영 사로잡혀 버리고 마는 것. 초등학생 때 나는 틈틈이 세면대에 물을 받아 놓고 숨 참는 연습을 하곤 했다. 2분. 숨을 쉬지 않고 버틸 수 있는 시간은 내게 그 정도였다. 그래서 영화나 드라마에서 차가 물에 잠겨 주인공이 가라앉는 장면을 보는 것은 끔찍한 충격이었다.

2.

비록 눈앞에 바다를 두고도 그것에 대해 '상상하기'를 더 즐겼지만, 숨바꼭질은 달랐다. 집 안에서 하는 숨바꼭질은 몸이 작은 어린이가 즐길 수 있는 최고의 놀이였다. 방과 방을 덧대 만든 외갓집은 아파트에만 살았던 어린 나에게 무척 신기하고 재미있는 놀이터였다.

동갑이었던 사촌이 내 숨바꼭질 친구였다. 우리는 오래된 옷장의 이불 속에 파고들어 몸을 숨기거나 다락방 수납장 뒤에, 작은방 옷걸이 뒤에 숨어서 때로는 너무 쉽게, 때로는 한참 후에 발각되곤 했다. 숨어 있는 동안 땀이 나서 잔머리들이 이마에 잔뜩 엉겨 붙었다. 어려운 게임이냐 아니냐가 중요한 게 아니었다. 숨고, 들키고, 떠들썩하게 웃고, 다시 숨고, 들키고. 그렇게 '다시'가 거듭 이어진다는 것이 정말 재미있었다.

저녁이 되면 홍콩 배우 이연걸이나 성룡이 나오는 TV 영화를 보거나 손에 잡히는 아무거나 집어 들고 읽었다. 가끔은 특식으로 게장에 밥을 비벼 먹었다. 태양 빛에 피부가 새까맣게 타서 껍질이 벗겨진 날에는 차가운 감자를 어깨나 등에 올려놓고 한참 동안 드러누워 있다가 꾸벅, 잠이 들었다. 바닥에 아무렇게

나 깔아 놓은 삼베 이불을 배만 덮고 잠들었다. 그런 매일을 성실히 반복했다. 어제와 비슷했던 오늘이 내일도 반복되는 것이 즐거웠다. 그저 하루하루 자라기만 하면 되는 날들이었다.

어머니는 그때의 나만큼 어렸을 때, 바닷가에서 잠을 자곤 했다고 한다. 동네 사람들은 한여름이면 다들 홑이불을 하나씩 끌어안고 모래사장에 모였다. 열대야와 모기를 피해 오포리 마을 사람들은 삼삼오오 바닷가에 흩어져 잠을 청했다. 그러다 새벽녘, 더위가 달과 함께 물러나면 부스스하게 일어나 이불을 치마처럼 둘러매고 집으로, 집으로 들어갔다. 어떤 시절, 여름의 바다는 그런 식으로 하루를 열기도 했다.

초등학교 고학년 무렵부턴 방학에도 외갓집을 가지 않았다. 어머니가 학원 선생님으로 일을 하기 시작해서 방학 때면 더욱 바빠졌다. 나는 이연걸 대신 양조위를 좋아하게 되었다. 영화 〈해피 투게더〉에 나오는 계란밥을 혼자 해 먹었다. 카세트테이프 가게에 가서 〈한국가요 TOP15〉 같은 최신가요 모음집을 사고, 좋아하는 연예인의 엽서와 사진을 모아 방에 붙이기 시작했다. 라디오를 틀어 놓고 알라딘, 파랜드 택틱스, 대항해시대, 프린세스 메이커 같은 게임을 했다. 친구들과 버스를 타고 고등학교 앞에 있는 모닝글로리로 원정을 나가고, 록발라드에 빠졌다.

　나는 광적이고 집요한 '탐구 생활' 마니아이기도 했다. 당시의 흔적은 낡은 사진으로 남아 있는데, 아직도 어머니에 의해 종종 소환된다. 살구색 내복을 입고 바닥에 누워 풍력 실험을 하고 있는 모습이랄지(입으로 종이를 불고 있었다는 뜻이다.), 수영복을 입고 모래사장에 누워 몸의 테두리에 선을 그은 사진이랄지(이건 대체 무엇을 위한 행위였을까?), 연 만들어 날리기, 종이로 사진기 만들기, 페트병 화분에 식물 키우기 등등.

　방학 기간 한 달 동안 실험과 도전, 기록과 수집으로 열심히 '탐구 생활'을 하고 나면 방학 전엔 엄지손톱만 했던 책의 두께가 어느새 엄지손가락 길이만큼 두툼해져 있었다. 다닥다닥 붙은 사진과 메모, 스크랩 들은 '대체 왜 이렇게까지?'라는 반응을 불러일으키기에 모자람이 없었다.

　신기하게도 더는 '탐구 생활'을 하지 않게 된 초등학교 6학년을 마지막으로 나의 성장도 끝이 났다. 나는 그때 이후로 더 이상 키가 크지 않았다. 초등학교 시절 친구들이 생일 때 줬던 롤링 페이퍼를 보면 '키다리 다은아, 생일 축하해!' '너는 키가 커서 정말 좋겠다.' 같은 글들이 있다. 초등학교 6학년 때까지

나는 반에서 키가 제일 큰 여자애였다. 아쉽게도 중학생이 되고 나서는 '키 큰 여자애'로 불릴 일이 없었다. 나는 그저 '반에서 오래달리기를 제일 잘하는 애'였다.

3.

외할아버지가 대구에 살고 있는 넷째 딸의 집에 온 것은 2004년의 일이다. 외할아버지의 넷째 딸은 나의 어머니다. 그때는 내가 10대의 막바지를 보내고 있을 시기였다. 당시 우리는 '산장빌라'라는 이름의 집에 살고 있었는데, 그 이름에 걸맞게 '앞산'이라는 특색 없는 이름의 산이 근처에 있었다. 앞산 근처엔 '신천'이라는, 역시나 흔한 이름을 가진 하천이 흘렀다.

하지만 신천을 따라 조금 더 걸어가면 '수성못'이라는 대구의 명소가 나타났다. 수성못 옆에는 수성파크랜드가 있었다. 그곳엔 낡고 오래된 놀이 기구들이 있었는데, 어쩐지 불량한 느낌으로 교복을 리폼해 입은 언니 오빠 들도 많았다. 사람들은 수성못에서 오리배를 타거나 수성파크랜드에서 바이킹을 탔다. 그 근처에 가면 아득하게 울려 퍼지는 사람들의 비명을

들을 수 있었다.

　그해 여름, 외할아버지는 매우 단출한 모습으로, 별다른 짐도 없이 우리 집을 찾았다. 아테네 하계올림픽이 열리는 중이었다. 등교 준비를 하던 나는 우두커니 거실에 앉아 TV를 보고 있는 할아버지를 멀찍이 쳐다보곤 했다. 그때 나는 할아버지에게 두런두런 말을 거는 법이나 옆에 앉아 자연스럽게 TV를 보는 법을 모르던, 이상한 나이를 지나고 있었다.

　올림픽 경기가 열리는 수영장은 물이 아주 새파랬다. 수영 선수들은 날개가 큰 물새처럼 긴 팔로 물살을 때리며 앞으로 나갔다. 중계를 하는 해설 위원들은 매번 소리를 높였고, 응원하는 선수가 없는데 괜히 나 역시 긴장이 됐다. 1500m 자유형부터 다이빙, 싱크로나이즈, 수구까지. 경기는 매일매일 이어졌다. 풀(pool)에서 나와 커다란 타월을 두르는 선수들, 박수와 포옹, 상기된 표정과 웃음. 하지만 나는 외할아버지가 누군가의 순위나 메달을 보며 크게 기뻐하거나 즐거워하는 모습을 본 적은 없었다.

　기억 속의 그는 베란다로 쏟아지는 햇빛을 받으며, 출렁이는 화면 속 물살을 조용히 바라보곤 했다. 외할아버지는 무엇을 생각하고 계셨을까. 왜 그때 할아버지는 혼자 딸네 집에 올라와 봄과 여름을 지내셨던 걸까.

우리는 빌라 1층에서 살았던지라 마당에 작은 텃밭을 가꿀 수 있었다. 외할아버지는 그곳에 고추를 심으셨다. 주말엔 동성로 근처에 있던 오래된 약전 골목에 오빠와 구경을 갔다. 소소하고 작은 일정들을 챙기며 고요하고 조용한 백여 일의 시간을 보낸 어느 날, 외할아버지는 당신의 집으로 홀연히 사라지셨다.

이후 한동안 외할아버지를 보지 못했다. 13년이 지나 다시 외할아버지를 만난 곳은 외할머니의 장례식을 치른 후 들린 외갓집에서였다. 그는 '그 집'에 앉아 있었다. 어머니와 이모들, 사촌들은 장례식을 마치고 지친 몸으로 외갓집을 찾았다. 우리는 소반 앞에 둘러앉아 떡과 식혜를 나눠 먹었다. 나는 외할아버지에게 어색하게 인사했다. 외할아버지는 마치 그 집처럼, 이곳저곳이 닳아 있었으나 옛 모습 그대로였다. 예전처럼 말이 없으셨다. 단정한 옷매무새에, 무표정인데도 웃는 것처럼 눈이 작게 휘어져 있었다.

나는 귀가 잘 안 들리는 외할아버지 앞에 바짝 붙어 앉아 내가 누구인지 설명했다. 그와 내가 더 가까운 사이라면 좋겠다고 생각했다. 아주 어릴 때 이 집에서 숨바꼭질을 했던 그때처럼, 할아버지가 더 튼튼한 어른이었으면 좋겠다고 생각했다.

그 후 외할아버지를 만난 건 3년이 지난 2020년이었다. 외할아버지는 요양 병원에 계셨다. 요양 병원에 입원하고 몇 달 뒤 기력을 잃으셨고 겨우 숨 쉴 뿐 깨어나지 않으셨다. 마지막 인사를 드리기 위해 나는 서울에서 영덕으로 내려가 할아버지의 곱은 손을 천천히 만졌다. 그로부터 일주일 후, 외할아버지는 영영 깨지 못하고 세상을 떠나셨다.

외할머니와 외할아버지는 만주 출신이셨다. 외할머니는 머리가 새까맣고 숱이 많았다. 자식을 여럿 낳았는데 그중 어린 몇을 잃었다. 외할머니는 아이를 잃고 종교를 바꾸셨다. 겁이 많았던 외할아버지는 만주에서 내려오며 정착지를 고민하다 친척이 있는 영덕에 터를 잡았다. 영덕에서 바다 일이 아닌 과수원을 하셨다. 내가 어릴 적, 외할아버지는 하얀 피부에 단정한 얼굴, 주름진 눈으로 "다은아."라고 천천히 나를 부르곤 하셨다. 온화함에도 색깔이나 향기가 있다면, 다정함에도 무늬나 촉감이 있다면, 외할아버지는 그중 가장 좋은 것들을 모두에게

주셨다.

그래서 어머니가 끝내 고아가 되었을 때, 나는 예순 살을 훌쩍 넘긴 그가 참 슬플 거라고 생각했다. 그의 사랑이 영원히 갈 곳을 잃게 되었기 때문이었다.

4.

스무 살이 되고 서울에 올라온 나는 이제 대구집을 우리 집이라 말하지 않고 '부모님 집'이라고 말하게 됐다. 외할아버지가 돌아가시기 1년 전, 휴가차 대구에 내려갔던 나는 산책 삼아 자전거를 끌고 나왔다. 예전에 다녔던 고등학교를 한 바퀴 돌아보다 문득 산장빌라로 향했다. 대구를 떠난 이후, 십여 년 만에 가 보는 것이었다.

가는 길은 많은 것이 달라져 있었다. 내가 알던 가게들이 사라지고 화려한 간판을 단 식당들과 세련된 카페들이 눈에 띄었다. 집 앞 골목길에 있던 이발소와 정육점은 이미 문을 닫은 지 오래였다. 가파른 오르막을 올라 자전거에서 내려 빌라 앞에 섰다. 마당에 자전거를 세우고 조심스레 1층 집 대문을 바라보았다. 그렇게 한참을 가만히 서 있었다. 문이 열리고 교복을 입은 내가 당장이라도 나올 것만 같았다.

꽃과 고추를 심어 놓은 마당에 하얀 셔츠를 입은 백발의 외할아버지가 앉아 있고, 열린 문 사이로 수영 선수들이 물살을 가르고, 신발 끈을 동여매고 집을 나서며 할아버지의 뒷모습을 바라보는 나. 그 모든 것이 일순간 눈앞에 떠올랐다 사라졌다. 이상하게 심장이 터질 것처럼 뛰었다. 나는 낯선 떨림에 눈물이 날 것 같았지만 기이하고 아름다운 그 순간을 피하고 싶지 않았다.

10대의 내가 나를 스쳐 지나갈 때, 나는 홑이불을 들고 바닷가에서 잠을 자는 사람들을 떠올렸다. 들숨과 날숨처럼 반복되는 파도의 발걸음 소리, 물결이 다가왔다 사라지는 소리, 누군가 밤새 뒤척이며 모래알을 흩트리는 소리. 그 소리들이 내 귓가에 오래, 울려 퍼졌다.

아파트가 흔들거리게 울던 어린 나에게

어머니가 너에게 했던 말 기억하니?
'다은이는 한번 울면 아파트가 흔들거린다.'

너는 어머니의 그 말이 너를 놀리려는 의도도, 네가 무
언가를 잘못했다는 다그침도 아니라는 것을 알고 있었
지. 이제는 제법 고요하게 분노할 줄 아는 어른이 되어
버렸네. 그래도 고집과 정색은 예나 지금이나 여전히 네
안에 있어서 너는 더 많은 사랑을 나누지 못한 이들을
종종 그리워하곤 해. 그 순간들로 돌아가 어떤 말들은
고치고 어떤 표정을 바꾸고 싶다고 생각하기도 하지. 하
지만 자신을 너무 다그치진 않았으면 좋겠다.

나는 지금도 많은 것이 혼란스럽고 불안할 땐 물이 가
득 담긴 컵을 떠올려.
'자, 이제 컵이 가득 찼으니 흘러넘치는 일이 남았다.
이게 바로 지금의 나 자신이다.'

자신에 대한 의심을 거두고 기쁨을 받아들이는 사람

이 될 수 있을까? 이 어려운 일을, 언젠간 꼭 할 수 있기를 바란다.

유머와 용기가 늘 함께하기를.

☀

나는 방학이 좋았다. 특히 여름 방학은 뭘 해서 좋았던 게 아니고
뭘 하지 않을 수 있어서 더 좋았다. 사람들의 시선을
신경 쓰지 않을 수 있어서 좋았고, 생각이 어두운 쪽으로
뻗어나가는 것을 멈출 수 있어서 좋았다.

여름의 끝과 시작

장경혜

장경혜

어린이책에 그림을 그리고 있다.
행복할 때도 있고 그렇지 않을 때도 있다.
이렇게 긴 글을 써 본 것은 이번이 처음이다.
올여름엔 짧게라도 행복해지고 싶다.

1.

뭔가를 잘 마무리하지 못하는 나, 그것이 나로 인한 시작이든 다른 사람으로 인한 시작이든 항상 끝에 가서는 흐지부지되고 마는 나, 그래서 깔끔하게 매듭을 짓지 못하고 끝나 버린 일이 인생 전반에 걸쳐 너무 많이 쌓여 있는 나. 나는 이런 나 자신을 괴로워하면서도 때 되면 밥을 먹고, 밥을 먹으면서 또 자책했다. 끝맺지 못하는 행동 속에 들어 있는 게으름과 거짓말, 불안함과 공포, 실망, 분노, 오만함, 부끄러움, 슬픔, 회한, 무력감……. 이런 정리되지 못한 생각들로 매일매일 괴로워하며 잠들다가 잠시 잊어버리고, 다시 날마다 새롭게 괴로워했던 날들.

처음 어린이책에 그림 그리는 일을 하게 되었을 때도 그랬던 것 같다. 공모전도 도전해 보고 포트폴리오도 만들어 보다가 출판사로부터 연락이 와서 첫 일을 받았을 때, 무척이나 기다리던 순간이 와서 말할 수 없이 기쁘면서도 마감이 있다는 것을 생각하면 왠지 영원히 끝낼 수 없는 일에 발을 들인 것 같아 두려웠다. 원고를 받으면 의욕에 넘쳐 이런저런 상상으로 즐거워하다가, 언제까지 끝낼 수 있느냐는 말을 듣는 순간부터 일을 제대로 끝내지 못할 것이라는 불안감이 동시에 들었다.

미리 잔뜩 걱정을 한 덕분인지 실제로는 별다른 사고를 치지도, 치명적인 실수도 하지 않았지만, 나는 늘 생각했다. 이 흐름이 조만간 끊기고 원래의 나로 돌아가게 될 거라고. 내 본모습이 만천하에 까발려져 결국엔 누군가를 실망시키고 상처 줄 것이라고.

그리고 또 생각했다. '어쨌든 그렇게 생겨 먹었기 때문에 나라는 사람에게는 지금의 이런 마감이 절실히 필요하다.' '하나둘씩 쌓이는 마무리의 경험이 절실하다.' '그래야 제대로 사회에 흡수되면서 민폐를 끼치지 않고 미련이나 아쉬움 없이 끝맺음을 잘 짓는 새로운 인간으로 거듭날 수 있다.'

그래서 일이 들어오면 두려우면서도 감사하는 마음으로 하나씩 해 나갔고, 한동안은 큰 문제 없이 그럭저럭 어린이책에 그림을 그리는 멀쩡한 직업인의 모습으로 살아갈 수 있었다.

하지만 그 흐름은 결국 끝이 났다. 언제 끝났는지 알 수는 없지만, 정신을 차려 보니 해야 할 일들은 저쪽에 있는데 나는 이쪽에서 '이게 원래 나지 뭐.' 하는 예전의 나로 돌아가 있었다. 유효 기간이 지나자 여지없이 드러나는 감춰 왔던 나의 민낯.

도대체 나는 왜 이런 인간인 것일까? 나이가 들어도 당최 나아지지 않고 왜 자꾸 같은 실수를 반복하는 것일까? 왜 매번 같은 답을 내놓는 것일까? 그러다 문득 생각이 났다. 과거에 내가 제대로 마무리 짓지 못하고 손에서 놓아 버린 수많은 일들이.

시간이 안 된다고 능력 밖이라고 미루거나 도망치고, 제때 사과하지 못해 놓쳐 버린 수많은 인연. 배우다가 온갖 핑계를 대며 중간에 그만둔 취미들, 엮이고 싶지 않아 발만 담그고 도망갔던 사건 사고들. 거기서 만났던 사람들과의 어렵고 불편한 관계를 끝끝내 외면하거나 내밀었던 손을 알면서도 슬쩍 놓아 버렸던 일들…….

그리하여 끝내 모든 걸 차단해 버리고 싶었던 학창 시절 여름날의 기억, 그 암울했던 내 여름날의 길고도 어두웠던 시간들이 생각났다.

어쩌면 이 모든 것이 제대로 마무리되지 못하고 그냥 시간의 흐름에 묻혀 버렸기에, 눈앞의 현실은 나에게 매번 같은 장면을 반복해서 보여 줬던 것이 아니었을까? 같은 장면을 수십 번, 수백 번 보여 줘서 내가 그 순간을 잘 벗어날 수 있게 가르쳐 주려고 했던 것은 아니었을까? 이것을 제대로 짚고 넘어가지 않으면 앞으로 내 인생에도, 그림 작업의 마감에도 문제가 있을 거라고 나 자신에게 알려 주려고 했던 것은 아니었을까?
그렇다면 나는 이제부터 중학교 시절의 여름 이야기를 해야 한다.

2.

학창 시절의 기억이 잘 나지 않아서 친구들과 얘기하다가 서로의 추억을 맞춰 볼 때면 기억을 잘하는 친구의 기억이 그냥 나의 기억이 되는 경우가 많다. 내가 정확히 기억하지 않으면

다른 사람의 기억에 따라 내 기억도 움직이는 것이다. 특히 유치원이나 초등학교 때의 기억은 정말 가물가물해서, 그저 어떤 분위기라고 할까? 그 시절의 어렴풋한 공기만이 아득하게 느껴지는 정도에서 끝나는데, 그런 나에게 중학교 시절의 여름은 온전히 그 한 시절이 생생하게 떠오르는 유일한 기억이었다.

중학교 2학년 때, 내 앞에 앉은 아이는 신기할 만큼 유난히 냄새를 잘 맡았다. 후각이 발달했는지 평소에도 냄새에 대한 얘기를 많이 했고, 교실에서 나는 냄새든 교실 밖에서 나는 냄새든 그 친구가 제일 먼저 알아차리고 반 아이들에게 큰 소리로 말해서 알려 주곤 했다. 그러던 어느 날, 그 아이는 코를 세게 막으며 반 아이들 모두에게 들으라는 듯이 말했다.

"아…… 이거 무슨 냄새냐?"

반 아이들이 "무슨 냄새?" "무슨 냄새?" 하면서 술렁거렸다. 이내 "아 몰라, 이거 뭐야? 땀 냄새 아니야? 아닌가? 식초 냄새? 아니, 무슨 양파 썩는 냄새 같은데? …… 야! 창문 열어. 숨을 못 쉬겠어."라고 쉴 틈 없이 투덜대는 그 아이 얼굴이 줄곧 나를 향해 있었다. 나는 눈치가 있는 편은 아니었지만, 그때만큼은 상황 파악이 되었다. 그 아이 얼굴을 보고 있자니 '아, 나한

테서 무슨 냄새가 나는 모양이구나.' 하고 단박에 알아차릴 수 있었다. 그 아이의 경멸하듯 쏘아보는 눈빛이 정확하게 알려 주고 있었다. 아마 냄새는 그 전부터도 났을 텐데, 여름이라 몸을 많이 쓰고 팔을 왔다 갔다 움직이면서 더 심하게 땀 냄새가 교실에 진동했던 모양이었다.

그랬다. 나는 겨드랑이에서 땀 냄새가 나는 아이였던 것이다. 그것도 아주 심하게!

사실 나는 정말 몰랐다. 스스로 몸에서 냄새가 난다는 것을 전혀 인지하지 못했고 특별히 누구에게 얘기를 들은 적도 없었다. 예전에도 교실에서 냄새가 났을 것이고, 냄새가 났다면 내 몸에서 났을 텐데, 그 아이가 대놓고 말하기 전까지는 냄새의 원인이 나라고 전혀 생각하지 못했다.

그날 이후로 나는 레고가 되었다. 늘 팔을 몸에 붙이고 되도록 움직이지 않았다. 그렇게 하면 냄새가 밖으로 좀 덜 새어 나갈 것이라고 생각했다. 교복 블라우스 안쪽으로는 늘 딱 붙는 반팔 티셔츠를 겹쳐 입어 땀이 나지 않게 행동을 최소화하려고 노력했다. 그 아이랑은 행여 몸이 닿거나 눈도 마주치지 않게끔 더욱더 신경 썼다. 그 아이가 다른 애들에게 '냄새나는 아이'라고 나를 흉보고 다닌다는 것을 알았기 때문에 더 눈 밖에 나지 않으려고 조심했던 것 같다. 냄새가 난다고 피하고 경멸하는 눈빛을 보내는 건 어쩔 수 없지만, 그 이상의 미움을 받기는 싫었다.

나는 특히 체육 시간이 싫었다. 몸을 움직일 수밖에 없는 체육 시간을 고등학교 졸업할 때까지 미치도록 싫어했다. 교복에서 체육복으로 갈아입는 잠깐, 교실에서 운동장으로 우르르 나가는 복도에서 잠깐, 운동장에서 교실로 돌아와 다시 교복으로 갈아입는 잠깐……. 분명 그 잠깐은 짧은 시간이지만, 온몸이 땀에 흠뻑 젖을 정도로 긴장됐고 시간이 멈춘 듯 너무나 길게 느껴졌다.

'빨리 겨울이 왔으면 좋겠다. 옷을 겹겹이 껴입을 수 있게 얼른 겨울이 왔으면 좋겠다.' '아니, 빨리 방학이 되었으면 좋겠다. 학교에 안 나올 수 있게 얼른 방학이 되면 좋겠다.'

여름 내내 그런 생각을 했던 것 같다. 모든 계절을 다 조심하며 살았지만 매번 반복되며 돌아오는 여름이 너무 자주 찾아오는 것 같아 싫었고 다른 계절보다 유난히 길게 느껴져서 견디기가 힘들었다. 중학교 2학년 때부터 고등학교를 졸업할 때까지 내가 기억하는 여름은 그렇게 늘 알 수 없는 여러 감정과 타고난 몸뚱이에 대한 부끄러움이 뒤죽박죽으로 섞여서 뭔가 검은 장막을 드리운 채 복잡하고 또 복잡했다.

　열다섯의 나는 늘 생각했다. 누군가에게 미움받는다는 것은 얼마나 슬픈 일인지에 대해. 내가 남을 해하거나 잘못을 저지른 게 아닌데 존체 자체만으로 누군가에게 경멸의 대상이 되고 사랑받지 못하다는 것은 얼마나 불합리하고 이해할 수 없는 일인지에 대해. 그리고 그런 불합리한 시선을 받았을 때 왜 나는 당당할 수 없는지에 대해. 집으로 돌아와, 밖에서 받은 날 선 미움을 가족들에게 토로하는 나는 또 얼마나 모순적이고 위선적인 사람인지에 대해.

　그 아이의 표정이나 시선은 당시 나로서는 똑바로 받아 내기 참 어려운 것이었다. 나는 냄새가 나지 않도록 자주 샤워하고 로션을 바르고 제모제를 발라 겨드랑이털을 제거하곤 했지만 그런 것들이 근본적인 치료 방법은 아니었다. 부모님께 얘기하거나 수술해서 해결할 수 있는 실질적인 방법이 있었지만 어떻게 접근해야 할지 몰랐다. 그때의 나는 그랬다. 그러고 나서 한참이 지나 대학 졸업을 앞두고 있을 즈음에야 나는 드디어 암내 수술이라고 하는 '액취증 수술'을 받았다.

학창 시절 친구가 별로 없었던 내 여름의 기억은…… 오늘도 이글이글 타오르는 태양에 또 겨드랑이에 땀을 한 바가지 흘리겠구나 싶어 거의 우는 기분으로 학교에 다녔던 기억, 밥 먹을 때나 필기할 때 등 모든 동작에 팔을 많이 들지 않고 몸에 딱 붙여서 최소한으로 움직였던 기억, 여름 방학이 되면 그나마 자유가 찾아와 블라우스 교복 안에 겹쳐 입었던 반팔 티셔츠를 벗어 던지고 얇은 옷 한 겹으로 집 안을 돌아다니며 좋아했던 기억이 대부분이었던 것 같다.

그래서 나는 방학이 좋았다. 특히 여름 방학은 뭘 해서 좋았던 게 아니고 뭘 하지 않을 수 있어서 더 좋았다. 사람들의 시선을 신경 쓰지 않을 수 있어서 좋았고, 생각이 어두운 쪽으로 뻗어나가는 것을 멈출 수 있어서 좋았다. 무엇보다 땀 흘리면서 주위 사람들과 좁은 공간에 같이 있지 않을 수 있어서 좋았고, 겨드랑이가 보이게 팔을 올려도 눈치 보지 않아도 되어서 좋았다. 집에서는 내가 땀 냄새가 나는지 잘 몰랐다가 나중에서야 냄새가 좀 심한 편이라는 걸 아셨지만 그게 당장 수술할 정도의 심각한 문제라고는 생각하지 않으셨던 것 같다. 아직은 한창 자랄 때이고 호르몬이 왕성한 시기이고 하니 어른이 되면 좋아질 수도 있다고 생각하셨던 것이다. 하지만 나는 좋아지지 않았고 결국 수술을 받았다.

이후 30년이 훌쩍 지났다. 그리고 나는 땀으로 축축했던 어린 시절 무덥고 습한 여름날의 기억을, 겹겹이 옷을 껴입은 이 겨울날에 생경할 만큼 생생하게 기억하는 것이다.

3.

중학교를 졸업하고 나는 나를 싫어했던 친구들과 헤어졌다. 내가 의도한 것이 아니라 고등학교를 서로 다른 곳으로 진학하면서 자연스럽게 멀어지게 되었다. 아, 이렇게 쉽고 간단한 방법이 있었다니! 한 방에 모든 것이 해결되다니! 이 헤어짐 하나로 중학교 시절이 강제 종료되면서 그동안 나를 짓눌렀던 수없는 고민의 많은 부분이 사라졌다.

고등학교에 들어가 새로운 사람들에게 냄새 때문에 지적받더라도 과거의 그 친구들은 아닐 것이라는 사실, 고등학교는 공부에 더욱 집중해야 하니까 체육을 하거나 땀 흘릴 일이 중학교 때보다는 덜할 것이라는 현실, 사춘기 특유의 왕성한 땀샘도 좀 수그러들 수 있으리라는 기대감이 숨통을 트이게 했다. 갈등의 해결이 내 의지와 노력으로 된 것은 아니었지만, 어쨌든 문제가 해결되었다는 생각에 찜찜하면서도 마음 한편 다행스러웠다. 하지만 제대로 감정의 해소가 되지 않았던 그 끝맺음은 마음 한구석에 계속 남아 있었던 모양이다. 이후로도 비슷하게 해결한 어설픈 끝맺음들은 두고두고 내 인생의 오랜 숙제가 되었다.

그 시절, 나는 자신이 부끄러워 견딜 수가 없었기에 알아서 친구들에게 넙죽 엎드렸다. 사랑받는 법을 터득하기도 전에 미움받는 기분을 알아 버려서 한여름에 햇빛이 눈부시게 쏟아져도 어딘가 울적했다.

그리고 그 울적한 마음은 세상을 살면서 만나게 되는 수많은 인간관계에서 스스로를 자꾸만 많이 수그리게 했다. 사람들에게 웃으면서 다가갔지만 사실은 사람들이 알아서 내 마음을 알아주길 얼마나 우는 마음으로 간절히 원했는지. 내가 미안하다고 사과해야 했거나 미안하다는 말을 제대로 들었어야 했던 인간관계를 얼마나 무심히 지나쳐 왔으며, 상처받고 상처 주는 것에 밥 먹는 것처럼 익숙해졌는지. 중학교 시절 끝끝내 그 친구들로부터 들을 수 없었던 사과의 말과 따뜻한 시선을 엉뚱하게도 그 이후에 만났던 사람들에게 무리하게 바라고 요구하면서 내 마음이 정당하다고 얼마나 되뇌었는지. 마감에 문제를 일으키고 있는 요즘의 나는, 까맣게 내려앉은 겨울의 밤하늘을 보며 그때의 여름을 생각하고 있는 것이다.

가끔은 지나간 일들과 지나간 친구들을 의식적으로 다시 한번 곰곰이 떠올릴 때가 있다. 흘러가 버린 시절 속에서 나에게 상처를 준 친구들의 얼굴이 잡힐 듯하면서 희미하게 잘 떠올려지지 않는 건 어쩌면 그 이후 30여 년의 시간 안에서 나도 영원한 피해자로 남지 않았고, 수없이 많은 사람들에게 상처를 주고 모진 말을 한 가해자로 변했기 때문이 아닐까 싶기도 하다.

내 힘으로 마무리 지을 수 없는 불가항력의 어린 시절을 지나 내 힘으로 많은 것을 끝낼 수 있는 어른의 날들에 넘어왔지만, 나는 여전히 어른 시절에도 적응을 못 하고 얼렁뚱땅 누군가가 끝맺어 주기를 기다리는 사람이 되어 버렸다. 어린 나를 막연히 불쌍하게 추억하기에는 지금의 나도 그다지 떳떳하지는 못한 것이다.

마무리를 잘 짓는다는 것은 과연 어떤 의미일까?

이미 지나가 버린 과거를 되돌릴 수 없다면 현재의 나는 어떤 태도를 취해야 하는 것일까? 이제 나는 예전처럼 여름이 두렵지는 않다. 수술을 했더니 냄새는 신기하게도 거의 사라졌다. 팔을 좌우로 아무리 흔들어도, 지하철 같은 밀폐 공간에 있어도, 냄새로 고통받는 일은 더는 없게 되었다. 나는 유난히 땀샘이 발달해 있어 레이저 대신 절개로 땀샘을 제거하는 수술을 했는데, 그 결과 한여름에도 거짓말처럼 땀이 거의 나지 않게 되었다. 비록 겨드랑이 양쪽에 쾌걸 조로 같은 번개 모양의 흉터가 남긴 했지만, 사람들로부터의 따가운 시선이나 경멸의 제스처에는 자유로워진 것이다.

결국 수술을 통해서 나를 오랜 시간 괴롭혔던 표면적 고민은 일단락되었지만, 한편으로는 타인들의 혐오와 불편한 시선에 부담을 느껴 타협했다는 찝찝한 느낌도 지울 수 없었다. 땀이 흥건히 차 있는 겨드랑이는 특유의 냄새로 다른 사람들을 불편하게 하고 나 자신이 정상적으로 일상생활을 하는 데도 힘들게 만들었지만, 어쨌든 해결했다는 느낌보다 타협했다는 느낌이 들었다. 그래도 냄새가 나지 않는 몸이 되었다는 것은 얼마나 신기하고 떳떳한 것인지! 대학교를 졸업하기 전, 부모님의 도움으로 받은 액취증 수술은 중학교 시절부터 시작된 지난한 고민에 끝을 내 주었고 나에게 또 다른 끝맺음의 경험을 주었다.

지지부진 이어졌던 한 시절이 끝나고 나의 모든 학창 시절도 마침표를 찍었다.

그림 그리는 일을 하다 보면 아무리 좋은 글이 와도 생각만큼 손이 잘 움직여지지 않을 때가 있다. 일정이 늦어질 때 도저히 진도를 못 내고 우물쭈물 있으면 출판사에서 이쯤에서 그냥 마무리 지을까요, 하며 적절한 끝맺음을 제안해 준다. 기다리고 기다리다 도저히 끝이 보이지 않겠다 싶으면 어느 한쪽은 결단을 지어야 하는 것이다. 스스로 끝내지 못하면 남이 끝내 주는 것이 만고의 진리!

그러니 내가 시작한 일을 내가 생각한 방향대로 잘 마무리하고 싶으면 매 순간 휘청거리더라도 마지막까지 정신줄을 놓아선 안 된다. 그렇지 않으면 다른 사람의 도움을 받거나 간섭을 받는 것이 무언의 허락이 되어서 누군가 나를 강제 종료시키는 것을 감수해야 한다. 원망하거나 토를 달 일이 아니라 오히려 영겁의 시간을 끊어 준 데에 감사해야 한다. 세상은 그런 것이다.

4.

얼마 전 고등학교 동창을 오랜만에 만났다. 친구는 고등학교 1학년 때 같은 반이었는데 내가 이런저런 얘기 끝에 대학교 때 액취증 수술을 했다고 얘기하니 학교 다니는 내내 내 몸에서 딱히 냄새가 난다는 생각을 해 본 적이 없다고, 놀라는 기색도 없이 얘기했다.

친구 말이 위로가 아닌 사실이라면, 고등학교 때는 중학교 시절에 비해 땀샘 활동이 떨어졌을 수도 있고 냄새가 많이 줄었을 수도 있을 것이다. 하지만…… 사실 어떤 사람에게는 냄새 자체가 그다지 중요한 일이 아니었을 수도 있다. 냄새가 났다는 사실을 인지하지도 못할 만큼!

나의 학창 시절 여름은 누군가의 말 한마디로 시작되어 매년 반복되는 고통의 날들이었다. 그런데 내가 감추고 싶은, 허물이라고 생각했던 치부가 또 다른 이에게는 신경조차 쓰이지 않았던 것이라고 생각하니 마음이 복잡해졌다. 어떤 사람에게 문제가 될 수 있는 일이, 또 다른 사람에게는 아무것도 아닐 수도 있구나. 누군가에게는 당장 끝을 내야 하는 일이 다른 누구에게는 시작도 하지 않아도 되는 일이겠구나.

그렇다면 앞으로 나에게는 스스로 마무리 지을 수 있는 일이 많아지기를, 누군가 끝내 주기를 기다리지 않고 "다 됐다. 이젠 끝!"이라고 직접 말할 수 있는 일이 많아지기를, 깔끔하게 매듭짓지 못한 지난 일을 다시 마주치더라도 해결 못 한 것이 부끄러워 도망가거나 외면하지는 않기를⋯⋯. 나는 친구를 만나고 돌아오는 길에 생각하고 또 생각했다.

겨울이 지나면 봄이 오고 언제나 그렇듯 또 여름이 온다.

30년 전 여름과 똑같은 태양이 내 머리 위를 비추겠지만 이제 나의 여름엔 방학이 없다. 뭘 하지 않아서 좋았던 시간은 다시 돌아오지 않는 것이다.

나는 재작년 여름부터 드럼을 배우기 시작했다. 드럼은 악기 중에서도 유난히 몸의 움직임이 많다. 에어컨도 없는 좁은 골방에서 열심히 드럼을 치고 나면 나는 아무도 모르게 땀이 오른 겨드랑이의 냄새를 살짝 맡았다. 냄새가 살짝 나는 것도 같고 전혀 나지 않는 것도 같다. 하지만 그게 무슨 상관이랴! 내가 좋아서 시작한 모든 일이 이제 더는 타인에 의해서가 아니라 나에게서 끝마칠 수 있기를. 이왕이면 부끄럽지 않게 즐거운 마무리를 할 수 있기를 기대하며 나는 드럼학원에 다닌다.

이제 또 한 번, 여름이다.

중학생이었던 경혜에게

경혜야, 네 모습이 보고 싶어 사진을 찾았는데 중학교 시절의 너는 사진이 참 없더라. 사진으로도 찾을 수 없는 그 많은 시간을 너는 어떤 모습으로 어떻게 생활하며 보냈니?

내가 기억하진 못해도 너는 많이 웃기도 했니?

얼마 전까지만 해도 나는 너의 모습이 가끔 떠오르기도 했었는데 이젠 진짜 얼굴을 잊어버린 듯 가물가물하기만 해.

네가 수집했던 우표며 크리스마스실은 아직도 내가 잘 모아 두고 있단다. 그걸 정리할 때의 네가 어쩌면 가장 행복한 모습이었을 것 같기도 해.

나는 지금 네가 그토록 떠나고 싶어 했던 중학교 시절을 훌쩍 지나 내 나이도 자꾸 깜박하는 어른이 되어 버렸는데 네가 이럴 줄, 내가 이럴 줄 넌 상상이나 했니?

그래도 가만 보면 내가 너보다는 좀 뻔뻔하고 용기가 있는 것 같아. 그러니 경혜야, 너는 그냥 너의 세상에서 안전하게 있으면서 지금의 나를 응원해 줘도 좋을 것 같아. 나는 그것밖에 바라는 게 없다.

다음엔 내가 너를 빨리 기억할 수 있게 너의 얼굴과 너의 표정을 잘 찾아 줘. 그래서 우리 언젠가 다시 만날 때 같은 모습으로 만나지 말고 중학생과 어른의 모습으로 웃으면서 만나자.

너도 그곳에서 열심히 살고 나도 이곳에서 열심히 살게.

나는 이미 주름이 좀 있지만 주름이 더 많아지더라도 네가 놀라지 않았으면 좋겠다.

흰머리는 너무 많아지면 조만간 염색할까 생각 중이야. 갈색이냐 검은색이냐는 내 영원한 숙제 중 하나일 것 같아. 너는 그런 고민을 안 해도 되니 얼마나 좋으니?

그 시절 너의 고민과 나의 고민은 같은 무게라고 생각한다. 이의 있으면 언제든 연락해.

내 연락처는 너의 연락처랑 같아.

보고 싶다, 경혜야!

C가 없는 유년은 어땠을까. 노랑이 없는 유년이었을까.
개나리나 은행잎 같은 봄가을의 노랑이 아니라 파인애플의 속살과
녹아내리는 버터, 뙤약볕을 바라보는 해바라기와
달구어진 금빛 모래 같은 한여름의 노랑.

더 깊은 곳으로 풍덩

류시은

류시은

여름 과일을 좋아하는 소설가.
딱복(딱딱한 복숭아)과 물복(물렁한 복숭아)은 가리지 않는다.
늦여름 아침은 캠벨 포도 한 송이. 그래도 너무 더운 날에는 수박.
2019년 경향신문 신춘문예에 「나나」가 당선되어 작품 활동을 시작했다.

인생 첫 여름 방학은 통영에서 겪었다.

어렸을 때 토목 회사에 다니는 아빠를 따라 1년에 한 번꼴로 이사를 다녔다. 도로나 다리를 놓거나 바다 메꾸는 공사를 주로 해서인지 기반 시설이 부족한 곳이 많았다. 나는 수도가 나오지 않는 집에서 걸음마를 뗐다. 엄마가 새벽마다 우물에서 물을 길어 오고, 냇가에서 빨래를 해야 했던 집. 통영 이전에 살았던 곳을 떠올려 보면 엄마의 말이 믿어졌다. 재래식 화장실이라든가 뱀이 나오는 1학년 교실이라든가 개를 때려잡는 이웃이 있는 곳들. 기억 속 계절의 풍경 같은 것은 남아 있지 않았다. 옆집 아주머니에게 죽으면 어디로 가는지 물어봤다가 이상한 교회에 끌려갔던 날이나, 개에게 물려 응급실에 실려 간 날이 어떤 계절이었는지는 잊어버렸다. 인생이 똥 같다고 느꼈던 것만큼은 선명하다. 실제 똥통에 빠지고 나서 했던 진지한 생각이었으니까.

통영으로 이사 가고 많은 것이 달라졌다. 우리 집은 언덕 위에 지어진 두 동짜리 아파트의 6층이었다. 엘리베이터에 유리창이 있어서 올라가는 동안 바다가 내려다보였고, 남향의 거실에는 아침부터 해가 들어왔다. 이사하자마자 태풍이 와서 베란다 유리창이 깨지기는 했지만, 어른이 물건을 던져 깨는 것보다는 덜 무섭다고 생각했다. 태풍이 잦아들고 상쾌한 바람만 남은 여름에는 아파트 단지를 뛰어다니며 비닐봉지 연을 날렸다. 여섯 살이었던 동생은 베란다에 쪼그려 앉아 낚시를 흉내 내곤 했다. 막대기에 실을 길게 매달아 내리고 하염없이 밖을 보는 거였다. 그러면 가끔 아래층에 사는 아주머니가 과자나 사탕 같은 것을 실 끝자락에 묶어 주었다. 그 동네가 좋았다. 줄과 몽둥이를 들고 개를 잡으러 돌아다니는 아저씨들 대신 바구니를 들고 전복 껍데기를 수거하러 다니는 아주머니가 있는, 창문을 넘어온 강도가 식칼로 엄마의 목을 겨눌 일 같은 것은 없는, 안전하고 쾌적한 그 집에 오래 머물렀으면 했다.

그 집 위층에 C가 살았다. 내 기억 속 첫 단짝 친구. C가 없는 유년은 어땠을까. 노랑이 없는 유년이었을까. 개나리나 은행잎 같은 봄가을의 노랑이 아니라 파인애플의 속살과 녹아내리는 버터, 뙤약볕을 바라보는 해바라기와 달구어진 금빛 모래 같은 한여름의 노랑. 나는 그 무렵 주로 무채색 옷을 입거나 색깔이 들어가더라도 파랑이나 짙은 녹색 같은 차가운 계열이 전부였는데, 밝은 갈색 머리에 따뜻하고 화사한 색상이 잘 어울리던 C의 존재는 뭐랄까, 눈이 부셨다고 해야 할까.

그 시절에는 엄마와 아빠도 꽤 사이가 좋아 보였는데, 나는 그게 다 유쾌하고 정 많은 C의 부모님과 왕래한 덕분이라고 생각했다. 7층의 여유로움과 풍요로움이 넘쳐흘러 우리가 사는 6층까지 쏟아져 내려온 거라고, 따사로운 햇살과 상쾌한 바닷바람이 우리 집 내벽에 번져 가던 곰팡이를 없애 준 거라고 어렴풋이 믿었다. C네 배를 타고 비진도의 해수욕장에 갔던 일, C의 가족과 테이블이 커다란 중국집에 가 본 일, C와 어른 없이 목욕탕에 가서 냉탕 수영을 해 본 일 그리고 섬으로 가득한 바다와 서늘하고 달콤한 음식들, 고무 튜브와 물방울무늬 수영복, 뜨거운 백사장과 조개껍데기로 엮은 목걸이. 인생의 첫 여름 방학과 두 번째 여름 방학. 나의 구슬 아이스크림 같은 기억들.

다시 이삿짐을 트럭에 올리던 날엔 목이 쉬도록 울었다. 아직 한 자릿수 나이였던 나는 도무지 마음대로 할 수 있는 것이 없었으니까. 서울에 가면 모든 것이 끝나는 셈이었다. 더는 C와 매일 놀 수 없고, 지나간 여름은 돌아오지 않을 것이었다. 이사와 이별은 다른 말이 아니었다. 방학 때 놀러 오면 되지, 라는 어른들의 말은 조금도 위로가 되어 주지 못했다.

✳

C를 다시 만난 건 4년이 흐르고, 열세 살 여름이 되어서였다.
6학년이 된 나는 어린이로서 마지막 해를 보낸다는 아쉬움과 조급함에 틈틈이 놀기 바빴다. 중학교에 입학하면 책상 앞에 앉아 공부만 해야 될 거라고 단단히 오해했던 탓이었다. 오늘이 놀 수 있는 인생의 마지막 날인 것처럼 굴었다. 그동안 모은 동전으로 동네 오락실에서 '스트리트 파이터'를 하고, 동생과 녹색극장에서 〈라이온 킹〉을 보고, 2학기 참고서를 산다는 핑계로 교보문고에 가서 머라이어 캐리의 음반을 한참 듣고 오곤 했다. 친구들과 아파트 화단에 핀 봉숭아꽃을 따면서 "이제 이러는 것도 올해가 마지막이겠다." 떠들며 괜한 상념에 젖기도 했다.

그 무렵 구청 체육 센터에서 수영을 배웠다. 살면서 수영만큼은 꼭 할 줄 알아야 한다고 엄마가 보내 줬는데 제법 잘 맞아서 꾸준히 다녔다. 몇 달 지나지 않아 나는 강사가 수영장에 떨어뜨린 투명 콘택트렌즈를 찾아 줄 만큼 물속을 누빌 수 있게 되었고, 수련회에서 수영 시합에 나가 콜라 한 박스를 받아 올 만큼 실력도 늘었다. 비슷한 시기에 남자애들만 다니는 동네 태권도장에서 품띠도 땄다. 엄마는 오래전 겪은 사고 때문에, 딸이 칼 든 남자 한 명쯤은 제압할 수 있기를 바랐다. 덕분에 나는 도망치기보다 부딪히는 쪽을 서슴없이 택하곤 했다. 선뜻 나섰다가 눈 밑이 터졌던 날에도 후회는 안 했다. 부모님이 별안간 다투는 것과 책에서 읽은 핵전쟁 말고는 세상에 무서운 게 없던 무렵이었으니까.

그해 20세기 최악의 폭염이 왔다. 무더위 때문에 바다에 가지 않을 수 없어서였을까. 아니면 나도 C도 6학년이 되어 이번이 아니면 얼굴 보기 어려울 거라고 생각해서였을까. 아빠의 휴가에 3박 4일 짬을 내어 드디어 통영에 가게 되었다. 4년 만에 본 C는 밝은 갈색 머리를 어깨 아래로 늘어뜨리고 키가 어

른처럼 자라 나보다 머리 하나가 더 솟아 있었다. 그 시절의 4
년은 까마득한 시간이라 처음에는 잠시 서로 서먹했지만, C의
어머니께서 차려 주신 밥을 먹고, 〈쥬라기 공원〉 비디오를 빌
려 보고, 모기장 안에 들어가 나란히 누우며 우리는 언제 그랬
냐는 듯이 까르륵 웃으며 놀았다.

　통영에서의 휴가 첫날에는 C네 어장에 놀러 갔다. 흰 셔츠
아랫단을 멋지게 묶고, 레몬색 반바지를 입은 C는 사춘기라도
온 건지 '촌'에 들어가기 싫다고 C의 엄마 앞에서 툴툴댔다. 그
날의 C는 내가 본 그 어떤 친구들보다 화려하고 세련되어 보였
고 어장보다는 백화점이나 고급 레스토랑에 가야 할 것처럼 보
이기는 했다. 그래도 C가 없으면 나는 '촌'이라는 곳에 갈 이유
가 없는 거니까, "가 보고 싶어." 하고 손을 잡아끌었다. C는 머
리 위에 얹었던 선글라스를 머쓱하게 내리며 마지못해 배에 올
랐다. 막상 배에 탄 C는 바닷바람에 머리카락을 휘날리며 모델
처럼 사진을 찍기도 하고 나를 찍어 주기도 하면서 금세 신이
나 버렸다.

　바다 한가운데 작은 오두막이 둥둥 떠 있었다. 아마 도다리
양식장이었을 것이다. 배를 그 옆에 세워 두고, 부표에 깔아 둔

나무 갑판 위를 걸어 다니며 어장을 구경했다. C의 오빠와 내 동생은 어른들이 만들어 준 임시 낚시 도구를 양식장 그물 밖으로 던졌다. 사료 포대 같은 것에 끈을 둘둘 말아서 군데군데 바늘만 끼운 것을 바다로 던지면, 미끼 냄새를 맡고 몰려든 고등어가 서너 마리씩 걸려들었다. 여러 마리의 검푸른 고등어가 줄줄이 올라오는 모습은 징그럽고 잔혹해 보여서, 나는 어른들이 내미는 낚싯대 앞에서 고개를 내저었다. 대신 갑판에 걸터앉아 빵 조각을 던지며 물고기가 수면으로 모여들었다 흩어지는 모습을 바라보았다. 이따금 C와 함께 깊이를 가늠할 수 없는 바다로 뛰어들어 수영을 했다.

배로 조금 더 들어가면 C가 '촌'이라고 말했던 작은 섬이 나왔다. 멸치처럼 조그마한 새끼 물고기가 자라는 부화장이 있는 곳이었다. 섬 둘레를 따라 펼쳐진 얕은 바다는 미역인지 다시마인지 모를 해초들로 검푸르게 뒤덮여 있었다. 그 안을 첨벙첨벙 걸으면 해초들이 미끄러운 손을 뻗어 다리를 휘감고 간질였다. C와 나는 물안경을 끼고 그 맑고 어둑한 바다를 헤엄쳐 다녔다. 우리는 물살의 반대 방향으로 거슬러 올라가기도 하고, 해초가 흐르는 방향대로 하늘을 보고 배영을 하기도 했다. 별다른 말을 나누지 않아도 즐거웠다. 마치 인어라도 된 것처럼 섬 주변을 유영하는 것만으로도 충분했다. 어깨와 팔다리에 해초들이 부드럽게 감겼다가 떠내려가고, 입으로 들어오는 바닷물이 쓰지 않던 오후였다.

※

이튿날에는 엄마와 아빠가 머물던 관광호텔에서 운영하는 해수욕장에 갔다. 그곳도 배를 타고 한 시간쯤 들어가야 하는 섬에 있었다. 투숙객 전용이라는 용도는 잘 지켜지지 않는지, 넓고 환한 백사장에는 사람이 제법 있었다. 바나나보트는 갈 때마다 만선이라 번번이 발길을 돌려야 했다. 수영을 못하는 엄마가 고무 튜브 안에 들어가 얕은 바다에 몸을 담그는 걸 보았다. 빈혈과 우울로 늘 가라앉아 있고, 종종 밥 대신 냉장고 앞에 쪼그리고 앉아 생쌀을 오도독 씹어 먹던 엄마가 낯설도록 환하게 웃고 있었다. 생경했다. 내 인생 13년 통틀어 우리 가족이 가장 행복해 보였던 날이었으니까. 마음 놓고 어디든 다녀와도 혼나지 않을 것 같은 그런 날.

그날의 일기에 이런 문장이 적혀 있다.

'C와 나는 손을 잡고 발이 닿지 않는 곳까지 헤엄쳐 갔다. 가끔 센 파도가 다가오면 너무 재미있었다. 우리는 센 파도를 기다렸다. 자꾸만 더 깊은 곳으로 갔다.'

순수하게 그랬다. 부모와 세계의 냉전 말고 무서운 게 없었던 그 무렵의 나는 애초에 두려움 같은 단어와 어울리지 않는 바다의 딸 C와 함께 점점 더 백사장 끝자락의 한적하고 깊은 곳으로 들어갔다. 그래야 센 파도가 올 테니까. 센 파도가 와야 더 재밌을 테니까. 그러다 사람을 발견했다. 물살에 떠내려가고 있는 성인 남성이었다. 도와 달라는 소리를 듣기 전까지는 그 사람도 우리처럼 재미로 거기서 놀고 있는 줄 알았다. 그렇지만 그는 혼자였고 그다지 즐거워 보이지 않았다. 수박만 한 비치볼을 위태롭게 안고 있었는데, 한눈에도 겁에 질린 얼굴이었다. C와 나는 생각할 겨를도 없이 곧장 그쪽으로 헤엄쳐 갔다.

"아저씨 공 잡아요. 공 안아요."

C가 그의 뒤통수에 위태롭게 걸려 있는 선글라스를 낚아채 자기 수영복 등에 끼우는 동안, 나는 아저씨에게 우선 공을 꽉 잡으라고 강조했다. 휴가를 오기 전 동네 수영장에 빠진 친구

를 구하려 한 적이 있었다. 친구는 패닉에 빠져 내 머리를 물속으로 짓누르고 수영 모자와 물안경을 다 벗겨 버렸다. 나는 물에 빠진 사람이 얼마나 큰 괴력을 내는지 알고 있었다. 무턱대고 다가가면 함께 잘못된다는 것을 경험으로 알고 있었다.

그 아저씨는 C와 나를 합친 크기만 한 우람한 어깨로 허우적거렸다. 하지만 모든 일이 해류의 순환처럼 순조롭게 흘러갔던 날이어서일까. 우리는 다행히 비치볼에 의지한 그를 양옆에서 잡고 뭍으로 무사히 빠져나왔다. 해변에 도착해 C가 그에게 선글라스를 건넸다. 그가 고맙다며 아이스크림을 사 준다고 했으나 우리는 "괜찮아요!" 하고 쿨하게 뒤돌아 바로 바나나보트를 타러 내달렸다. 우리에게는 시간이 많지 않았다. 어린이로서의 마지막 여름 방학을 보내던 중이었으니까.

＊

중학생이 되고 고등학생을 거치면서 C와는 연락이 뜸해졌다. 자연스러운 일이었다. 우리는 너무 먼 곳에, 오래 떨어져 있었으니까. 그래도 어른의 시간은 다르게 흐르는지 엄마들끼리는 종종 연락을 주고받는 듯했다. 날씨가 써늘해질 무렵이면 C

의 집에서 굴이나 홍합, 멍게가 바다 냄새를 안고 스티로폼 상자에 담겨 오곤 했다.

때때로 그날 일을 떠올렸다. 책상 앞에 멍하니 엎드려 야간 자율 학습이 끝나기를 기다릴 때나, 사람으로 꽉 들어찬 단과 학원의 딱딱한 의자에 앉아 있을 때…… 혹은 교환 일기를 나누던 친구가 말없이 전학 가 버린 날이라든가, 동생이 오토바이 사고로 중환자실에 입원하던 날이라든가, 엄마와 아빠 중 누구와 살아야 할지 결정해야 했던 날이라든가…… 이를테면 숨이 잘 쉬어지지 않는 날이나, 내 힘으로 어쩔 수 없는 일을 마주한 날이면 유난히 그해 여름이 생각났다.

대학생이 되어서는 운동을 했다. 인생에 중요했던 어떤 한 가지를 포기하게 되고 시작한 운동이었다. 학과 공부와 과외 아르바이트 외에는 거의 합기도장에서 시간을 보냈다. 지도자 연수를 받고, 아마추어 대회에 나가고, 어린이 시범단에 껴서 여성호신술도 해 보았다. 집에서 두 시간 걸리는 안양까지 쌍절곤 고수를 찾아가 몇 달 기술을 배우기도 하고, 다리 힘을 키우겠다고 학교까지 6.5킬로미터 되는 거리를 모래주머니 차고 걸어서 통학한 적도 있었다.

생각을 하지 않을 수 있어 좋았다. 이참에 졸업하면 사범 일을 하다 합기도장을 차려야지 싶었다. 초등학교 하교 시간에 맞추어 체육관 문을 열고, 아이들에게 낙법과 호신술을 알려 주고, 쉬는 시간엔 사무실에서 좋아하는 책을 실컷 읽는 삶. 국어국문학과를 졸업할 예정이었지만, 막연히 그런 미래가 기다리고 있을 줄 알았다.

그러던 어느 여름 방학이었다. 합기도장 관원들을 데리고 캠프를 갔다. 경기도 외곽의 유원지였고 작은 수영장이 딸려 있었다. 수심이 그다지 깊지 않았는데, 내가 몇몇 관원들을 데리고 미끄럼틀을 타는 사이 어린 관원 하나가 발이 닿지 않는 곳에 빠져 허우적댄 모양이었다. 그때 다리가 높은 의자에 앉아 있던 라이프가드가(그 전까지는 그가 거기에 있는 줄 몰랐다) 수영장으로 바로 뛰어들어 아이를 무사히 구했다. 눈에 띄는 형광 노란색 수영복을 입고서. 뒤늦게 그 수영복이 눈에 들어왔다. 수영장 바닥 색과 비슷한 나의 푸른 수영복하고는 너무나 대비되는 노랑이었다. 잊고 있던 그 열세 살의 기억을 불러온 환하게 밝은 노랑.

라이프가드는 사회체육학과 학생이라고 했다. 여름 방학 동안 유원지에서 아르바이트를 하고, 그 돈으로 자전거 여행을 갈 거라고. 그 순간 눈물 날 정도로 그가 부러웠다. 한눈에도 다 부쳐 보이는 근육과 훌륭한 신체 조건, 타고난 순발력과 운동 신경, 무엇보다 '지금' 라이프가드 아르바이트를 하고 있다는 점이. 나는 처음부터 이 일을 꿈꿔 온 것처럼 마음이 조급해졌다. 이야기를 들어 보니 라이프가드는 당연히 자격증이 있어야 했고, 그 자격증은 그냥 듣기에도 단기간에 딸 수 있는 것이 아니었다. 적어도 한 계절은 다른 일을 그만두고 오롯이 그 일에 쏟아부어야 했다.

"내년 여름 방학엔 저도 꼭 해 보겠어요."

나는 타들어 가는 모닥불 앞에서 다짐하듯 말했다. 쉽지 않더라도 분명 할 수 있을 거라 생각했다.

이듬해 여름, 수영장으로 향하던 길이었다. 수영도 다시 시작하고 라이프가드를 하는 데 필요한 몇 가지도 미리 연습해 볼 생각이었다.

어째서 그날 그 일이 일어났는지는 모르겠지만, 가는 길에 버스 사고가 났다. 동교동 방향으로 우회전하던 버스에 공사장 철근이 날아와 뒷좌석의 유리창 세 개를 주욱 긁었다. 퍼벅, 터지는 소리와 함께 내리는 문 뒤쪽에 앉아 있던 내 머리 위로 알

알이 쪼개진 유리 파편들이 튀었다.

　순발력과 운동 신경은 그때 발휘됐다. 나는 앞좌석으로 낙법을 치듯 튀어나와 버스에서 내렸다. "학생, 연락처 적고 가요." 하는 버스 기사의 말을 뒤로한 채 차량에서 빠르게 멀어졌다. 머리카락과 얇은 티셔츠에 붙은 유리 조각을 대충 털어 내고 한참을 걸었다. 거의 신촌에 다다르고 나서야 버스에 수영 가방을 두고 왔다는 걸 알았다. 그리고 동시에 깨달았다. 나는 이제 겁 많은 사람이 되었구나. 그런 줄도 모르고 감히 물에 빠진 사람을 구하겠다고 떠들었구나……. 우박처럼 쏟아지던 버스의 유리 파편들과 함께 내 안의 뜨겁고 반짝이는 것들이 떠나갔다. 나의 마지막 여름 방학과 함께.

열세 살 시은에게

일기장을 찾았어. 유일하게 남은 한 권이 열세 살 그해 쓴 것이었어. 덕분에 잊고 있던 기억도 떠올리고 많이 웃었지. 울지 않고 주사를 맞을 수 있게 되어 뿌듯해하던 유년의 막바지 계절이라니.

7월 1일의 나는 괜히 들떠 있었어. 방학이 있는 7월이 왔다는 사실 하나만으로도 더없이 기뻐하고 있더라. 살을 아프게 태우는 햇빛과 짙은 초록이 되어 가는 나뭇잎들, 몇 날 며칠 비가 쏟아져 아끼는 장화를 마음껏 신을 수 있는 7월이 너무나 좋다고. 어서 어른이 되어 배낭을 메고 밀림을 탐험하거나 아무도 가 본 적 없는 섬에 찾아갈 거라고. 까마득한 미래의 여름 계획까지 연필로 한 페이지 빼곡하게 채워 놓았네.

나중에 알아보니 떠내려가던 아저씨를 구해 준 그 구역은 물살이 아주 센 곳이라더라. 한 번씩 사고도 나는 곳이라고. 가장 위험한 순간은 열세 살 여름의 그때였는데, 두려움은 그때 제일 없었구나, 그치?

어쩌면 그날 잘못될 수도 있었어. 이렇게 먼 훗날 책상 앞에 앉아 네 일기를 훔쳐볼 내가 존재하지 않았을지도 모르지. 하지만 그런 일은 일어나지 않았네. 운 좋게 살고 또 살아남아 어른이 되었어. 얕은 바다에 몸을 적시고 환하게 웃던 엄마가 새삼 젊고 어렸다고 느낄 만큼 나이가 들었어.

지금의 나를 보면 네가 어떻게 생각할까. 이제는 바다가 무섭다는 말을, 여름을 두려워하게 되었다는 말을, 어떤 계절도 더는 손꼽아 기다리지 않는다는 말을 열세 살 너에게 솔직히 고백할 수 있을까.

미래는 말해 주지 않을게. 어차피 앞일은 누구도 알 수 없고, 아무래도 그래야만 하고, 또 그러는 편이 더 재밌고 덜 슬플 테니까. 그러니 뭐든 마음 가는 대로 해. 좋아하는 것은 쥐고 싫어하는 것은 놓기로 해. 그게 내가 해 줄 수 있는 말이야.

다섯 해 전쯤인가 통영에 간 적 있었어. 그 아파트의 엘리베이터에 몰래 타 보았지. 오래전 C의 가족이 살았던 7층까지 조용히 올라갔다 내려왔어. 그곳은 여전히 따사롭고 아름답더라. 서울에서 잘 지내고 있다는 C가

레몬색 반바지를 입고 당장이라도 놀자고 뛰어나올 것만 같았지. 엘리베이터의 유리창 너머로 멀리 섬들을 내려다보았어. 우리가 갔던 그 섬도 나의 시야에 담겼을까. 아주 오랜만에 충무 김밥을 먹고, 그때는 없던 통영 꿀빵이란 걸 사 보고, 시장에서 굴튀김을 집어 먹으면서 그해 여름의 우리를 많이 생각했네.

고마워. 겁 없이 센 파도를 찾아가던 마음을, 검푸른 바다에 뛰어들던 여름의 오후를 나에게 선물해 주어서.

☀

버스는 금방 출발하지 않았고, 몇몇 아이들이 버스 앞에 서서
못다 한 인사를 다시 나눴다. 그때 누군가
내 이름을 부르는 소리가 들렸다. 혹시나 하는 마음에
금방이라도 터질 것 같은 가슴을 안고
차창 밖으로 고개를 내밀자 철규가 서 있었다.

여름 그리고 사람

박산호

박산호

번역가, 에세이스트.
여름은 소리와 색채와 빛이 폭발하는 계절. 그래서 어렸을 땐 여름을 좋아했지만
지금은 그보다는 조용히 채도를 낮춘 채 천천히 고요해지는 겨울로
마음이 기운다. 매년 여름엔 보드랍고 가벼운 원피스를 입고 하루에 한 잔씩
아이스라테를 마시는 낙으로 더위를 견딘다.

첫 번째 여름

나는 학교가 지겨웠다. 아니, 학교가 싫었다. 아니, 학교로 대표되는 조직이 무서웠는지도 모르겠다. 나와 학교, 아니, 조직과의 악연은 굉장히 일찍부터 시작됐다. 여섯 살의 어느 날 아무 예고도 없이 엄마 손에 이끌려 유치원에 갔다. 그것은 일종의 테스트였을 것이다. 내가 유치원에 적응할 수 있을지 여부를 가리는 테스트.

유치원에 있는 아이들은 모두 남색 유니폼을 입고(여자아이들은 흰색 면 티셔츠에 조끼와 무릎 위로 올라오는 스커트, 남자아이들은 상의는 똑같고 하의에 입은 반바지만 달랐다.) 책상에 앉아 초롱 초롱 눈을 빛내며 선생님을 바라보고 있었다. 선생님의 손을 잡고 교실 뒤로 들어가 빈자리에 앉은 나를 바라보는 아이는 하나도 없었다. 나는 그렇게 몇 시간 동안 투명 인간이 되어 아이들이 공부하고, 노래하고, 그림 그리는 모습을 지켜봤다. 그러다 쉬는 시간이 됐다.

아이들은 모두 유치원에 딸린 놀이터에 나가 시소나 미끄럼틀을 타거나 마음 맞는 여자아이들끼리 그네를 타고 서로 등을 밀어 주었다. 나는 어디로 가야 할까, 잠시 눈치를 보다가 그네 쪽으로 갔지만 거기서도 나를 봐 주는 아이는 없었다. 나는 아이들의 눈부시게 하얀 셔츠와 세련돼 보이는 남색 조끼, 남색과 흰색이 섞인 줄무늬 넥타이 그리고 스커트 밑으로 보이는 하얀 타이츠를 보다가 내가 입고 있는 옷을 슬쩍 내려다봤다.

다들 똑같이 차려입은 유니폼의 물결 속에서 커트 머리에 흉해 보이는 노란색(노란색이라니!) 티셔츠와 면바지를 입은 나만 지나치게 눈에 띄었고, 지나치게 촌스러웠다. 그때 『들장미 소녀 캔디』 만화에 나오는 이라이자처럼 긴 머리를 구불구불하게 말고 하얀 얼굴이 예뻤던 여자아이가 날 힐끗 보더니 친구들과 귓속말을 하기 시작했다. 아무리 눈치 없는 나라도 내 흉을 보고 있다는 건 짐작할 수 있었다.

나는 고개를 푹 수그리고 교실로 돌아왔지만, 시련은 아직 끝나지 않았다. 마침내 수업을 마치는 종소리가 울리고 아이들이 밖으로 우르르 쏟아져 나가자 그 기세에 눌린 나는 그들이 다 나갈 때까지 기다렸다가 신발을 신기로 결심했다. 아이들이 썰물처럼 빠져나간 현관 앞에 섰을 때…… 내 신발이 보이지 않았다. 그날을 위해 엄마가 일부러 사 줬던 새하얀 운동화였는데! 새 신발은 아무리 찾아도 보이지 않았다. 결국 나는 그날 내내 참았던 울음을 터트렸고, 새 신발을 찾지 못한 채 유치원의 슬리퍼를 빌려 신고 집으로 가야 했다. 그리고 다시는 유치원으로 돌아가지 않았다.

　유치원의 참패가 너무 강렬한 상처로 남아 있었던 탓일까. 나이가 차면 누구나 가야 하는 학교도 내키지 않았던 나는 초등학교 입학 첫날 대형 사고를 치고 말았다. 남들이 좌향좌 할 때 우향우를 할 정도로 매사에 서투르고 느리며 낯을 가렸던 일곱 살의 나는 갑자기 한 반에 70명이 넘는 아이들과 좁아터진 교실에 몰려 앉은 채, 안경을 끼고 뽀글뽀글 파마머리에 무섭게 생긴 여자 선생님의 호령을 들어야 하는 현실을 도무지 감당할 수 없었다.

앞으로 어떻게 학교생활을 해야 할지 담임 선생님이 큰 소리로 말하는 동안 나는 숨을 죽이고만 있었다. 갑자기 오줌이 마려웠다. 하지만 재잘재잘 참새처럼 지저귀는 아이들 70명을 통솔하기 위해 얼굴이 시뻘게질 정도로 호통을 치고 있는 선생님에게 손을 들고 화장실에 가고 싶다는 말을 할 용기가 나지 않았다. 마침내 구원을 알리는 종소리가 울리자마자 교실 밖으로 나갔지만 화장실까지 못 가고 그만 복도에서 실수를 하고 말았다. 너무 오래된 일이라 그 고난을 어떻게 수습했는지 기억이 나질 않지만 내 모습을 바라보던 아이들의 표정은 지금도 잊히지 않는다.

그 후로도 나는 여전히 나여서 받아쓰기하다가 틀렸다고 선생님에게 자로 손바닥을 맞고, 깜박하고 이름표를 안 달고 갔다가 교실 뒤에서 손 들고 서 있기도 했다. 청소 시간에는 나무 교실 바닥에 양초를 박박 문지른 후 걸레로 힘껏 닦아서 광을 내다가 가시가 손에 박혔지만 눈물을 참으며 몰래 괴로워했다.

그러던 어느 날 나에게 믿기지 않는 일이 일어났다. 내게 친구가 생긴 것이다! 바로, 나와 짝꿍이 된 A였다. A는 지독한 곱슬머리를 귀밑까지 단발로 길렀고, 눈동자는 노란기가 도는 연한 갈색인, 좀 특이한 외모였다. 게다가 들장미 소녀 캔디처럼 양 볼에 주근깨가 점점이 흩어져 있었다. 짝꿍이 된 날, 우리는 학교 끝나고 집에 가는 길에 서로의 집이 가깝다는 걸 알고 금 방 친해졌다.

당시 우리 집은 시내에 있는 학교에서 걸어서 20분 정도 걸 리는 거리에 있었다. 집으로 가려면 맑은 시냇물이 흐르는 다 리를 건넌 후 언덕을 10분 정도 올라야 했다. 여러 개의 골목마 다 서너 채 정도 양옥집이 있는 동네였다. A의 집은 우리 동네 뒤쪽에 우뚝 솟아 있는 산을 향해 30분 정도 더 올라가면 있다 고 했다.

우리 집이 학교에서 더 가까워서 A는 우리 집에 와서 자주 놀았다. 우리는 다리 밑으로 내려가서 사방에 깔린 작은 자갈 을 주워 와 공기놀이를 하고, 안방에 몰래 들어가 엄마 립스틱 을 꺼내서 화장 놀이를 하기도 하고, 당시 인기 있었던 사극 드 라마의 한 장면을 연기하며 놀기도 했다.

A와 점점 더 가까워지면서 학교가 모처럼 다닐 만해질 무렵 방학이 코앞으로 다가왔다. 방학식 전날 학교를 마치고 A와 같이 집에 가고 있다가 문득 한 번도 가 보지 못한 그의 집이

궁금해졌다. 그래서 오늘은 너의 집에 가서 놀자고 A를 졸랐다. A의 얼굴에 난감하던 표정이 떠오르더니 한참 있다가 좋아, 라는 말이 흘러나왔다. 그렇게 내 인생 처음 친구 집에 가 보게 됐다.

아이 걸음으로 평소보다 30분을 더 걸어가야 하는 길은 사뭇 멀었다. 걷고 또 걷고 다시 하염없이 걸어서 찾아간 A의 집은 우리 집과 좀 많이 달랐다. 단층 양옥집에 옥상과 창고가 있던 우리 집과 달리 그 집은 뒤쪽에 있는 텃밭이 아주 광활했고, 헛간과 광도 널찍했다. 집에서 농사를 짓는다더니 그래서 그런 듯싶었다. 좁고 긴 적갈색 나무 마루에 A와 같이 앉아 땀을 닦고 있는데 A의 엄마가 광에서 나오셨다.

우리 엄마와 달리 할머니처럼 나이 들어 보이는 얼굴에 놀랐는데, 알고 보니 A는 무려 10남매 중 막내였다. 아들을 낳기 위해 줄줄이 딸을 낳다 보니 아들 하나, 딸 아홉의 10남매가 됐다고. 이어서 A의 오빠와 언니들이 하나둘씩 나타났다. 나이 차이가 크게 나는 형제들이라 다들 어른처럼 보였다. 모두 A를 막내야, 라고 부르며 놀리거나 장난을 치는 모습이 여동생 하나밖에 없는 나에겐 너무나 새롭고 신기했다. 얼떨떨해 있는 나에게 A의 어머니가 한 바구니 가득 복숭아를 갖다주셨다. 이제 막 씻어서 물기를 머금은 복숭아가 무척 싱싱해 보였다.

"많이 먹어라. 우리 A가 친구를 데려온 건 처음이네. 아가야, 너 참 예쁘게도 생겼구나."

우리 할머니처럼 나이가 많았지만 우리 할머니와는 달리 아주 따뜻하고 푸근한 친구 어머니에게 나는 복숭아를 싫어한다는 말을 차마 못 하고 몇 개나 꾸역꾸역 먹어 치웠다. 그러고도 한참을 더 놀면서 A의 어머니가 장작불에 해 주신 밥과 갖가지 나물 반찬이 올라온 저녁까지 먹었다. 어둑어둑해진 저녁 무렵 고등학교에 다니는 A의 오빠가 나를 집까지 데려다줬다.

그날 밤, 덜 익은 복숭아를 너무 많이 먹어서 배탈이 나는 바람에 다음 날 방학식에 가지 못했다. A와 나는 방학 때 만나지 못했고, 개학했을 때 다시 짝꿍이 되지 못한 우리는 자연스럽게 멀어졌다. 그래도 A는 여름 방학, 하면 제일 먼저 생각나는 사람이다.

두 번째 여름

학교에 다니다 보면 누구에게나 지우고 싶은 순간이 있을 것이다. 내게도 그런 순간이 있었다. 바지에 실수를 한 초등학교 1학년이 아니라 중2, 열네 살 시절이 바로 그렇다. 내 나이 일곱 살 때 이혼하고 백화점의 화장품 가게를 운영하며 나와 내 동생을 키우던 엄마는, 내가 중학교 1학년 되던 해 백화점에 불이 나는 바람에 졸지에 실직자가 돼 버렸다.

엄마가 일하는 동안 어린 나와 동생을 보살피기 위해 와 계신 외할머니까지 도합 네 식구가 어떻게든 먹고살아야 해서 엄마는 서울로 돈을 벌러 갔다. 네 식구가 갑자기 세 식구로 줄어 버렸다. 난데없이 엄마가 멀리 떠난 것도 슬프기 그지없는데 중학교 2학년으로 올라가 학기 초에 만난 새 담임 선생님이 가정 형편 조사에서 내 사정을 듣더니 다짜고짜 이렇게 말했다.

"혹시 너희 엄마 서울로 시집간 거 아니니?"

순간 내 귀를 의심하면서 그의 얼굴을 바라봤다. 넓적한 얼굴에 콧대는 너무 낮아 흔적을 찾을 수 없고, 눈은 단춧구멍처럼 작은 얼굴. 조물주도 포기한 사람이란 뜻의 '조포맨'이란 별명이 있었던 그는 그 작은 눈으로 나를 재미있다는 듯 바라보며 다시 한번 물었다.

"너희 엄마 돈을 벌러 간 게 아니라 시집간 거 아니냐고?"

나는 아니라고 작은 소리로 항의했지만 순식간에 볼에서 귀까지 벌겋게 달아올랐다.

　그렇게 시작된 1년은 그야말로 지옥이었다. 담임은 나에게 했던 것처럼 반의 모든 아이들에게 무례했다. 아이들을 철저하게 성적으로만 평가했으며, 10개 반 중에 항상 9, 10등을 해서 자신을 망신시킨다며 우리들을 증오했다. 월말고사가 끝날 때마다 모두 책상 위에 올라가 무릎 꿇게 한 후 허벅지를 회초리로 두들겨 팼다. 그런 분위기 속에서 우정이고 뭐고 싹틀 수 있겠는가. 그토록 외로웠던 한 해가 다시 있을까 싶을 만큼 나는 처절하게 고독했다.

　중학교 3학년이 됐다. 그해는 초중고 시절 통틀어 가장 행복했던 한 해였다. 윤리 교사인 선량한 담임 선생님은 아이들 하나하나를 인자하게 보살폈으며, 그런 선생님 덕분에 반 아이들끼리 모두 친했다. 나도 간만에 친구들을 마음껏 사귀며 행복했다. 행복하니 성적도 오르고, 행복하니 자꾸 웃어서 아이들도 그런 나를 좋아해 줬다. 참으로 신기한 일이었다.

　중3 여름 방학이 시작됐을 때 다니던 성당에서 여름 수련회를 갔다. 2박 3일 동안 천주교 여름 캠프장에서 다 같이 지내며 성경 공부를 하고 등산도 가고 불꽃놀이와 물놀이도 할 것이라고 했다. 지극히 보수적이고 독실한 신자였던 외할머니가 웬일로 선선히 허락해 주셨다. 서울에서 일하는 엄마에게 전화해서 수련회에 가야 한다고 하니 엄마는 피곤에 절은 목소리로 웃으면서 잘 다녀오라고 수련회비와 용돈까지 보내 주셨다.

그렇게 들뜬 마음으로 생애 처음 수련회에 갔다. 생각해 보면 그게 나의 처음이자 마지막 여름 방학 여행이기도 했다. 가난한 우리 집에서 방학이라고 여행을 간 적은 단 한 번도 없었으니까. 성당에서 대절한 길고 큰 관광버스를 타고 두어 시간 달려 도착한 캠핑장에는 이미 우리 C시가 아닌 D시 성당의 청소년부 신자들이 도착해 있었다. 알고 보니 두 도시의 청소년부가 합동 수련회를 하기로 한 것. 수련회 조직 위원들이 곧바로 학년과 연령과 성별을 고려해서 한 조마다 6명씩 인원을 배치해 수련회 내내 같이 다니게 했다. C시 청소년부 3명, D시 청소년부 3명 이렇게.

거기서 그를 처음 만났다. 내가 한 번도 가 본 적 없는 D시, 내 고향인 C시에 비해 압도적으로 큰 D시에서 온 그는 180센티미터가 조금 못 되는 훤칠한 키에 농구 선수처럼 체격이 좋았다. 운동을 좋아하는지 햇볕에 탄 얼굴은 이목구비가 또렷

했고, 짙은 눈썹 밑의 움푹 들어간 큰 눈이 지극히 인상적이었다. 같은 조가 된 두 도시의 아이들은 서로 자기소개를 하고 앞으로 2박 3일 동안 잘 지내보자는 어색하고 의례적인 인사를 나누었다.

그가 인사를 하는 순간 나는 귀를 쫑긋 세웠다. 그의 이름은 철규였다. 나는 조용히 그 이름을 입 속으로 되뇌었다. 그를 처음 본 순간 반해 버렸으니까.

2박 3일 수련회는 즐거웠다. 마냥 기도하고 찬송가만 부를 거라고 생각했는데……. 웬걸. 낮에는 빙고 게임도 하고, 밤에는 모닥불을 켜고 기타 치며 노래하고, 이튿날 낮에는 죽었을 때 자신의 묘비명에 어떤 말이 쓰였으면 좋겠는지 상상해서 쓰는 시간도 가졌다. 내가 쓴 글을 보고 성인 교사들 몇 명이 나를 보러 왔던 것도 생각난다.

그러나 그때 나는 오로지 철규의 일거수일투족만 지켜보고 있었다. 조장으로서 언제나 세심하게 조원인 우리를 챙기고 지켜보던 그. 그런 그와 나는 참 자주 눈이 마주쳤다. 가끔 길을 걷다가 뒤를 돌아보며 아이들이 잘 따라오고 있나, 확인하다가 나와 눈이 마주치면 그대로 잠깐 서서 날 보던 그. 물놀이하느라 서로에게 물을 쳐 대며 노는 아이들 속에서 찰나의 순간 마

주 봤던 우리. 캠프파이어 할 때 타오르는 불길을 보다가 무심코 고개를 돌렸을 때 말없이 내 옆에 서서 나를 보고 있던 그.

다음 날 우리는 아침을 먹고 이틀 동안 지냈던 수련원을 깨끗이 청소했다. 그러고 나서 작별 인사를 하고 각자 타고 갈 버스를 향해 걸었다. 버스는 금방 출발하지 않았고, 몇몇 아이들이 버스 앞에 서서 못다 한 인사를 다시 나눴다. 그때 누군가 내 이름을 부르는 소리가 들렸다. 혹시나 하는 마음에 금방이라도 터질 것 같은 가슴을 안고 차창 밖으로 고개를 내밀자 철규가 서 있었다.

"잘 가. 내년에 또 보자, 산호야."

그가 내 이름을 제대로 불러 준 건 그때가 처음이자 마지막이었다. 우리 집 전화번호를 물어볼 줄 알았지만……. 그를 다시 만나지 못했다. 다음 수련회를 내가 가지 않았으니까. 지금도 눈을 감으면 그 크고 맑은 눈동자가 떠오른다. 햇볕에 탄 그 씩씩한 소년 같은 뺨도.

고마워, 철규야. 내 열다섯의 여름을 그토록 빛나게 해 줘서.

볼이 빨갛고 한없이 수줍었던 어린 산호에게

남들이 우향우 할 때 언제나 박자를 놓친 채 좌향좌 하던 너는 커서 조금은 남들과 같은 리듬으로 살아가는 법을 익히게 됐어. 그렇다고 해도 너는 언제나 너라서 남들과는 조금 다르게 살아가고 있지. 그래도 괜찮아. 남들과 다르다고 해서 나쁘거나 우스꽝스러운 게 아니란 걸 넌 이제 알아 버렸으니까.
그리고 중요한 건 이거야. 넌 너를 좋아하는 법을 알고 그걸 온몸으로 체화해서 조금은 느긋한 어른이 됐거든.

어렸을 때 너는 나중에 어떤 어른으로 살아가게 될까, 무척 궁금해했지. 어서 빨리 어른이 돼서 모든 걸 네 맘대로 하면서 살아가고 싶다고 조바심을 냈어. 그런 네가 지금의 나를 보면 어떤 생각을 할지 또 궁금해진다.
그래도 크게 실망하거나 화를 내진 않을 것 같다. 아마 빙긋 웃으며 고개를 끄덕일지도 모르겠어. 지금은 정수리에 조금씩 돋아나는 흰머리 때문에 골머리를 앓기도 하지만 그래도 지금 내 안에 어리고 순수하고 참을성 많은 산호는 여전히 남아 있으니까. 어린 날의 눈물, 슬품, 아픔을 다 이겨 내고 지금까지 꿋꿋하게 성장해 온 너에게 고맙다는 말을 하고 싶어. 그 모든 시간이 있었기 때문에 여러 색으로 물든 다채로운 인생을 살아올 수 있었거든.

언제까지나 볼 빨갛고 수줍은 너를 잊지 않을게.

☀

나는 그제야 강 선생님의 마음을 헤아려 보았다.
거리에서 오랜 세월을 견디다 비로소 학교로 돌아온
50대 교사가 품었을 마음에 대해서. 그러니까 내게
마지막 여름 방학이었을 그 계절은 선생님이
그토록 보내고 싶어 했던 첫 번째 여름 방학인 셈이었다.

우리가 함께 보낸 여름

이현석

이현석

소설가. 직업환경의학과 전문의.
여름이면 더 더운 곳으로 가서 며칠을 보내다 오는 것을 좋아했다.
그런 때가 다시 올 수 있을까, 그리워하면서도
그런 때가 정말 좋은 시절이었을까, 생각하면 가우뚱거리게 된다.

국어과 강 선생님이 학생 상담실로 나를 은밀히 부른 것은 고등학교 2학년 여름 방학 직전이었다. 내 모교는 서울 강남 8학군과 자웅을 겨루는 대구 수성학군에서도 손꼽히는 곳이었으나 영화에 미쳐 있던 내 성적은 씨름부 학생들과 호각을 다툴 만큼 낮았다. 얼마나 미쳐 있었냐 하면 공포의 몽둥이를 휘두르는 수학 선생님의 수업 시간에 『수학의 정석: 기본편』을 방호벽처럼 세워 두고 영화 관련 책을 펼쳐 읽을 정도였다. 긴 꼬리는 밟히게 되어 있어 영화 잡지를 몰래 보던 나는 그 몽둥이에 등짝을 맞게 된다.

　"이현석, 니 뭐 영화 할 끼가?"

　일단 때리고 본 수학 선생님이 물었다.

"예. 할 낀데예."

싸가지 없기는 예나 지금이나 다르지 않아 나는 수학 선생님을 돌아보면서 말했다. 망설임 없이 대꾸하면서도 곧 뺨과 등과 엉덩이에 몽둥이찜질을 당하리라 생각했다. 아직 2000년이었고 교사가 때리면 학생은 맞는 게 당연한 시절이었다.

"그람 그라든동."

예상과 달리 수학 선생님은 교탁으로 돌아가 수업을 마저 진행했다. 체벌을 피한 나는 가슴을 쓸어내렸다. '역시 남자는 기백!'이라며 회심의 미소를 지었으나 이미 선생님들 사이에서 나는 대입과 상관없는 길을 갈 학생으로 소문이 났다는 사실은 나중에야 알았다.

소문의 진원지는 학생 상담실로 호출했던 강 선생님이었다.

50대 초반의 남성이었던 강 선생님은 담임도 아니었고 수학 선생님 못지않게 무서운 편이었다. 그런데도 종종 그는 학생 상담실로 나를 부르곤 했다. 강 선생님과의 인연은 1학년 때 교내 백일장에 낸 글에서 비롯됐다. 태국이었나, 캄보디아였나. 가족들과 다녀온 동남아 여행지에서 보게 된 어떤 사람의 미소에 관한 글이었다. 선생님은 수업 시간에 나를 교탁으로 불러내 그 글을 낭독하게 했다. 어리둥절해하며 글을 읽고 나니 선생님께서는 "좋지 않냐?"라고 같은 반 학생들에게 물었다. 글을 써서 처음으로 들어 본 칭찬이었고, 내가 길을 잃을 때마다 멀리서 펄럭이는 깃발이 될 순간이었다.

여느 때와 마찬가지로 학생 상담실 안에는 교사들이 모여 잡담을 나누고 있었다. 역시나 2000년이라 '학생 상담'이란 개념이 희박했다. 사실상 그곳은 어떤 선생님들의 사랑방이었는데 그들의 공통점은 전국교직원노동조합 투쟁으로 해직되었다가 1999년 전교조 합법화로 복직했다는 것이었다. 전교조 강령중 하나는 '학생들이 민주시민으로서 자주적 삶을 누릴 수 있도록 민족·민주·인간화 교육에 앞장선다.'이다. 적지 않은 시간을 거리에서 보내다 입시 특구로 돌아온 이들이 보기에 학업에 몰두하는 대신 다른 것에 몰두했던 나 같은 학생들은 아무래도 흥미를 끄는 구석이 있었을 것이다.

돌이켜 보면 2000년은 그 숫자만큼이나 독특한 시기였다. 민주주의를 향한 시민들의 열망이 역사상 최초의 수평적 정권 교체라는 결과를 만들어 낸 직후였다. 동시에 인간의 가치를 완전히 돈으로 환산해 버리는 신자유주의의 파도가 모두를 덮쳐 버리기 직전이기도 했다. 극히 예외적인 시기였기에 가능했던 자유로운 분위기 속에서 나는 요즘 본 영화와 읽은 책 들에 관한 이야기를 그들과 격의 없이 나눌 수 있었다.

"니 오늘 왜 불렀는지 아나?"

상담실로 들어서자 강 선생님이 물었다.

"언지예."

'아니요'라는 뜻의 경상도 사투리다. 선생님은 나를 보고 씩 웃었다. 그러고는 책상 위에 쌓아 둔 잡지들을 가리켰다. 두툼하게 쌓인 잡지들이 무엇이었는지는 잘 기억나지 않는다. 다만 분명한 사실은 나도 잡지를 무척 좋아했다는 것이다. 선생님 맞은편에 털썩 앉은 나는 평소에는 접하기 어려웠던 『당대비평』 같은 두꺼운 잡지를 뒤적이며 "오ㅡ" 하고 감탄사를 내뱉었다.

바야흐로 잡지의 전성시대였다. 휴대전화 벨 소리에 화음이 들어가는 것만으로도 놀라워하던 때였고 사람들의 손마다 스마트폰이 쥐어지리라고는 상상조차 하지 못할 때였다. 말하자면 잡지는 그때의 인스타그램인 동시에 인터넷 커뮤니티였다. 나도 서점에 퍼질러 앉아 무던히 그것들을 읽었었다. 『키노』 『씨네21』 『필름2.0』 『네가』 같은 영화 잡지들과 『핫뮤직』 『락킷』 『MM JAZZ』 같은 음악 잡지들, 『월간미술』 『아트 인 컬

처』 같은 미술 잡지들과 『인물과 사상』 『월간 말』 같은 시사 잡지들. 그때 서점에서 접하게 된 무수한 잡지들은 때로는 취향으로, 때로는 사상으로 남아 여전히 나를 구성하고 있다.

강 선생님은 잡지 더미 위에 조야한 책 하나를 올려놓았다. 누가 봐도 정식으로 발간된 책으로는 보이지 않는 그 잡지의 이름은 『보리수』였다. 지금이야 '보리수'는 보수 우익 청년들을 지칭하는 인터넷 밈이 되어 버렸지만 원래는 석가모니가 깨달음을 얻은 나무를 뜻한다. 그리고 그것은 불교종립학교였던 우리 학교 교지의 제호이기도 했다.

"방학 때 니 내랑 교지 만들어 볼래?"

"진짜예? 근데 교지 편집부가 있다 아입니꺼?"

내가 조금 얼떨떨해하면서 반문했다. '방학 때 굳이 학교를 나올 것까지야……'라는 생각도 아주 없지는 않았다.

"상관없다. 내랑 책다운 책 한번 만들어 보자."

책다운 책. 그 말이 내 마음을 움직였다.

"저야 좋지예."

"그라믄 아들 함 모아 봐라."

"알았심더."

나는 상담실을 나왔다. 가슴이 두근거렸다. 지금도 마찬가지지만 그때도 내가 가장 좋아하는 사물은 책이었다. 읽기만 하던 책을 내가 직접 만들어 볼 수 있다니 신이 나지 않을 도리가 없었다. 마지막 여름 방학이 성큼 다가온 듯했다. 물론 아직 2학년이었지만 아무리 공부와 담을 쌓았기로서니 고3 여름 방학까지 놀면서 보낼 수는 없는 노릇이었다. 이번 방학에는 해보고 싶은 것을 마음껏 해 보자, 라는 생각을 하고 있던 차에 예기치 않게 다가온 기회였다. 벅찬 감정에 사로잡힌 나는 단숨에 3층으로 뛰어 올라갔다. 곧장 이 반 저 반을 돌며 친구들에게 같이 교지를 만들지 않겠느냐고 물어봤다. 나처럼 책을 좋아했던 혁이. 그림을 잘 그렸던 민이. 워드프로세서 같은 컴퓨터 프로그램을 잘 다루던 범이. 워낙에 친하게 지내던 친구들이라 그들은 이 제안을 군말 없이 수락했다.

✳

우리는 방학을 한 다음 날부터 상담실에 모였다. 의욕에 넘치긴 했지만 책을 어떻게 만드는지 알 리가 없었다. 강 선생님은 일단 어떤 책이든 관통하는 하나의 큰 주제가 있어야 한다고 했다. 주제를 도출하고 그에 맞춰 목차를 짜면 생각보다 쉽게 풀릴 거라며. 그렇게 옆에서 방법은 제시했지만 방향은 제시하지 않았다. 무슨 주제를 택할지는 전적으로 우리 몫이었고 선생님은 우리를 지켜보다가 꼭 필요한 때만 말을 거들었다.

토론 끝에 우리가 선택한 주제는 '엽기'였다. 인터넷의 대중화와 함께 '프리챌' '다음' 같은 최초의 커뮤니티 서비스가 등장하던 때였다. 그와 함께 이전까지는 쉽사리 유통되지 못하던 콘텐츠들이 고삐가 풀린 채로 돌아다니기 시작했다. '엽기'는 이러한 시대정신을 반영하는 키워드였다. 여과 없이 돌아다니는 선정적인 이미지들은 사회 문제로 대두되기도 했으나, 다른 한편에서는 정보의 자유로운 교환을 통해 이전까지 금기시되었던 것들이 거침없이 깨지고 있다는 점에 의미를 부여하기도 했다.

우리는 후자의 입장에서 금기시되었던 콘텐츠들을 다뤄 보기로 했다. 일본 문화를 좋아했던 범이는 일본 '비주얼록'의 계보에 대한 글을 썼다. 믿기지 않겠지만 일본 음악 앨범이 한국에 정식으로 발매된 지 두어 해밖에 되지 않은 때였다. 독서광이었던 혁이는 한때 금서가 되었던 책들을 다뤘고 나는 각종 이유로 국내에서 상영이 금지된 적이 있는 영화들에 관해 썼다. 그리하여 교지에는 X-Japan의 앨범과 정태춘과 박은옥의 저항가요 앨범인 〈아, 대한민국〉에 대한 글이 실렸다. 장정일과 마광수의 논란에 대한 글도 실렸고, 영화패 장산곶매의 독립 영화 〈파업전야〉에 관한 글도 실렸다. 이런 글을 쓰고 모은 장본인이면서도 나는 그래도 교지인데 너무 나갔나 싶어 고민을 하고 있는데 강 선생님이 무뚝뚝한 말투로 응원을 보냈다.

"해 봐라. 뭐 어떻노."

응원은 말뿐만이 아니었다. 강 선생님은 사비를 들여 우리에게 참고해 볼 만한 책들을 사 주셨다. 내용에 대한 세밀한 논의가 필요할 때면 기꺼이 토론에 참여하셨고, 학생 수준에서 접근하기 어려운 자료가 있다면 수소문해서 찾아오시기도 했다.

상용화된 지 얼마 안 된 디지털카메라를 구입해 우리에게 빌려주신 것도 강 선생님이었다. 우리는 그 카메라를 들고 학교 안팎을 돌아다녔다. 교법사 스님을 만나 인터뷰할 때도 그 카메라로 사진을 찍었고, 모델 일을 하고 있는 선배를 인터뷰할 때도 그 카메라를 사용했다. 외부 인터뷰를 가는 날에는 혁이, 민이, 범이랑 다 같이 갔다. 인터뷰를 마치고 나면 우리는 동성로로, 신천으로, 수성못으로 갔다. 책에 넣을 사진을 찍는다는

핑계였지만 늦게까지 어울려 놀고 난 다음 메모리 카드를 확인해 보면 낄낄대고 있는 우리의 사진만 가득했다.

황당한 표절 사건도 있었다. 교내 백일장에 출품된 작품을 살피며 교지에 넣을 만한 글을 고르고 있을 때였다. 혁이가 갑자기 "야들아, 이거 너무 안 웃기나?"라며 시 한 편을 건넸다. 시에는 치질에 걸린 화자가 등장했다. 볼일이 끝날 무렵 휴지가 떨어진 것을 발견한 화자가 신문지로 뒤를 닦는데 감촉이 굉장히 불쾌한 것이다. 그래서 화자는 휴지보다 못한 신문을 사지 않겠다고 한다. 아무리 급해도 그걸로 닦지도 보지도 않겠다며 그 종이에 쓰인 거짓말을 읽지도 믿지도 않겠다고 한다. 시를 읽은 우리는 휴지보다 못한 언론을 풍자하는 기가 막힌 구절에 열광했다. 심지어 시를 제출한 학생은 1학년 후배였다. '이것이 말로만 듣던 천재인가?' 싶었다. 이 시를 꼭 넣어야겠다는 생각에 우리는 후배의 집 전화번호를 찾아 연락을 했다. 전화를 받은 후배는 교지에 싣고 싶다는 말을 듣자마자 미친 듯이 웃었다.

"선배님. 그거 인디밴드 노래 베낀 거라예."

시는 '미선이'라는 밴드가 부른 '치질'이라는 곡의 가사였다. 귀찮아서 그냥 듣던 노래 가사를 베껴서 제출했다는 후배의 고

백에 우리도 웃었다. 당시 미선이의 리더는 지금은 안테나 뮤직의 귤 장수로 유명한 루시드폴인데 요즘에도 방송에 루시드폴이 나오면 나는 미선이의 '치질'을 흥얼거리곤 한다.

우여곡절 끝에 원고를 모은 우리는 교정을 봤다. 챕터를 나누어 두 명씩 돌아가며 초교와 재교를 보았는데 강 선생님은 모든 원고의 최종교를 보았다. 지면 배치를 어떻게 할지, 표지는 어떻게 만들지 회의를 거듭했고 마침내 시안을 정한 우리는 남산인쇄골목으로 향했다. 대구 중심가인 반월당 근처에는 지금도 편집, 조판, 인쇄, 제본 등을 하는 작은 회사들이 옹기종기 모여 있는 골목이 있다. 강 선생님의 차를 타고 도착한 그곳에서 우리는 애플사에서 나온 아이맥을 실물로 처음 접했다. 부드러운 곡선의 혁신적인 디자인에 감탄하면서 우리는 편집자 옆에 붙어 앉아 미리 스케치해 온 시안을 보여 주었다. 원시적인 손 그림을 펼치고서 우리가 원하는 꼴을 말하면 말하는 대로 멀끔한 디자인이 뚝딱 나왔다.

조판까지 마치고 나니 저녁 시간이었다. 강 선생님은 출출해진 우리를 데리고 방천시장으로 향했다. 지금은 대구를 대표하는 명소인 '김광석 다시 그리기 길'로 거듭났지만 당시에는 쇠

락한 시장일 뿐이었다. 시장 한 귀퉁이 중국집에서 짜장면과 탕수육을 시킨 선생님은 그 근처에서 보낸 본인의 학창 시절을 이야기했다. 다른 이야기들은 기억나지 않지만 그가 친하게 지냈던 문예반 선배에 관한 이야기는 지금도 선명하게 떠오른다.

"열이보다는 그놈 형이 문재(文才)였지."

소설가 이문열의 본명은 이열이다. 강 선생님이 말한 그 선배는 다름 아닌 이문열의 형이었다.

"글재주만 따지면 형이 대가가 될 거라고 생각했지. 근데 둘 중에 집념을 더 가진 쪽은 열이었던 거 같다."

상념에 잠긴 듯 팔짱을 끼고 가만히 있던 선생님이 문득 내게 한마디를 건넸다.

"석아. 니도 꾸준히 써 봐라."

그때 나는 뭐라고 대답했을까. 정확히 기억나지는 않지만 아마도 맹숭맹숭하게 대꾸했을 것 같다. 영화에 비해 글은 어쩐지 심심한 매체였고 그때의 나는 좀 더 복합적인 것을 만들기를 원했으니까.

오랜 세월이 흘러 '김광석 다시 그리기 길'이 조성된 이후 방천시장에 산책을 갔다가 강 선생님을 떠올린 적이 있다. 길의 초입에는 김광석의 동상이 있고 그 옆에 가객을 소개하는 다음과 같은 글이 적혀 있다.

> 1964년 1월 22일 대구시 중구 대봉동에서 자유당 시절 교원
> 노조 사태로 교단을 떠났던 전직 교사 아버지의 삼남이녀 중
> 막내로 태어나 다섯 살 때인 68년 서울로 올라갔다.

교원노조는 이승만 독재정권에 항거했던 최초의 대규모 시위인 2·28 대구학생민주의거를 계기로 결성됐다. 당시 시위 참여를 막는 교사들에게 학생들은 "저희를 왜 막으십니까? 수업 때는 민족과 정의를 위해 싸워야 한다고 가르치지 않았습니까?"라고 항의했다. 교사들은 학생들을 막을 수 없었고 연이어 일어난 4·19혁명에서 제자들이 피 흘리며 쓰러지는 것을 손 놓고 바라보아야만 했다. 제자들의 죽음에 책임감을 느낀 대구의 교사 60여 명은 다음 달인 1960년 5월 7일, 교원노동조합을 결성했다. 불과 두 달 만에 교원노조는 대구에서 전국으로 확대되어 전체 교원의 수가 10만 명도 안 되던 시절에 조합 가입자는 2만 명을 넘겼다. 그러나 이듬해인 1961년 5월 16일, 군사 쿠데타가 일어나면서 그들의 열망은 좌절된다. 박정희 정권은 쿠데타 당일에만 2000명을 체포했는데 그중 1500명이

교사였다. 많은 교사들이 교직을 박탈당했고 징역을 살았다. 간첩이라는 누명을 쓰고 죽은 교사들도 적지 않았다. 그로부터 40여 년이 지나, 교원노조의 명맥을 이은 전국교직원노동조합이 합법화되면서 대구의 교원노조운동은 공식적인 역사의 한 페이지로 복원될 수 있었다.

강 선생님도 이 역사의 일부였다.

우리가 함께 만들었던 교지는 선생님이 학교에 돌아와서 처음으로 맡은 교지였다. 입때껏 해 오던 대로 편집부 학생들에게 맡겼으면 손쉽게 끝날 일이었다. 내가 직장인이 된 지도 꽤나 시간이 흐른 지금, 나라면 가욋일을 그렇게까지 할 수 있었을까 자문해 보면 고개가 저어진다. 그럼에도 본인의 휴가를 반납해 가면서 물심양면으로 지원했던 선생님은 어떤 마음이었을까. 나는 그제야 강 선생님의 마음을 헤아려 보았다. 거리에서 오랜 세월을 견디다 비로소 학교로 돌아온 50대 교사가 품었을 마음에 대해서. 그런 선생이 제자들과 책다운 책을 만들고 싶어 했던 열의에 대해서. 어른이 된 나는 선생님의 마음에 불을 지핀 것이 무엇이었는지 흐릿하게나마 알 것 같았다. 그러니까 내게 마지막 여름 방학이었을 그 계절은 선생님이 그토록 보내고 싶어 했던 첫 번째 여름 방학인 셈이었다.

식사를 마친 우리는 기름진 중국 음식으로 부른 배를 똥똥 두드렸다. 강 선생님의 차를 타고 다시 인쇄소로 돌아오니 제본을 갓 마친 샘플이 나와 있었다. 누가 먼저랄 것도 없이 샘플 주위로 모여든 우리는 교지를 집어 들었다. 금박을 사선으로 둘러 언뜻 보면 기성 잡지처럼 보이는 세련된 표지 위에 옛날 교지에 남아 있는 붓글씨에서 집자(集字)를 한 제호가 '보리수'라고 고즈넉하게 박혀 있었다.

"한번 보자."

강 선생님이 말했다. 나는 떨리는 마음으로 표지를 넘겼다. 우리가 함께 보낸 여름이 고스란히 담긴 책이 활짝 펼쳐지면서 그해 여름 방학은 비로소 끝이 났다.

✳

고등학교를 졸업하고 서너 해가 지난 뒤였다. 다니던 대학을 그만둔 나는 문과에서 이과로 전향해 새로운 대학에 지원했다. 필요한 서류를 떼러 학교에 방문해야 해서, 고3 때 담임 선생님을 만나 짤막하게 이야기를 나누고는 강 선생님을 찾았다.

담임 선생님은 멋쩍은 얼굴로 강 선생님이 중학교 도서관에 있다고 말했다. 담임 선생님께 인사를 드린 나는 고등학교 건물에서 나와 건너편에 있는 중학교 건물로 걸어갔다. 중학교 도서관은 건물 지하에 있었다.

전교조 교사들이 좌천되었다는 소문은 친구들에게 들어서 알고 있었다. 입시 특구의 학부모들은 전교조 교사들을 입시 과목에서 배제하라고 집요하게 요구했다. IMF 이후 '각자도생'은 전 국민적인 슬로건이 되어 갔다. 능력주의가 우리를 집어삼켰다. 더는 국어와 문학을 잘 가르치는 교사를 필요로 하지 않았다. 언어영역 점수를 높일 수 있는 교사를 원했다. 물론 그 두 가지가 그렇게 다를 리 없음에도 허상에 사로잡힌 부모들은 재단과 합심해 낙인을 찍어 댔다.

도서관 문을 열면서 내가 "쌤." 하고 불렀다 문에서 멀지 않은 책상맡에서 강 선생님이 책을 읽고 있었다. 멀거니 내 얼굴을 살피던 그의 얼굴에서 환한 미소가 퍼졌다.

"웬일이고?"

"학적부 떼러 왔다가 들럿심다. 대학 다시 갈라고예."

"어데로?"

나는 선생님께 입학 원서를 보여드렸다.

"잉? 의대?"

"예, 우야다 보니 그래 됐어예."

겸연쩍게 말하긴 했어도 내심 칭찬이 듣고 싶었는지도 모르겠다. 나름 한다고 한 거였으니까. 고생한 만큼 성과를 냈다는 얄팍한 마음도 없지 않았다. 운동부 학생들과 성적으로 호각을 다투던 열등생에서 우등생으로 거듭나는 동안 내가 씁쓸히 여기는 각자도생의 가치관과 능력주의적 사고는 사실 내 안에도 똬리를 틀고 있었던 것이었다. 그랬기 때문이었을까. 나는 수고했다는 말을 다른 누구보다 강 선생님께 듣고 싶었다.

"석아." 하고 돋보기를 벗으며 강 선생님이 나를 쳐다봤다. 그는 허허, 하고 웃었지만 그의 눈은 전혀 웃고 있지 않았다. 원서를 내게 건넨 그가 옅은 숨을 내쉬고는 입을 뗐다.

"남의 똥꼬나 보는 게 그래 좋나?"

강 선생님이 허탈하게 웃으며 물었다. 나는 가타부타 대답 없이 민망해하며 웃었다. 그러고도 이런저런 이야기를 나눈 것 같지만 생각은 나지 않는다. 가시방석에 앉은 듯했다. 선생님께 인사를 드리고 도서관을 나온 나는 도망치듯이 학교 밖으로 뛰어나갔다. 선생님의 물음 속에 담긴 뜻이 무엇인지 모르지 않았다. 왜 너까지 그러느냐, 네가 가야 할 길은 그런 길이 아니지 않느냐. 안타까운 마음에 그렇게 말했다는 것도 알았다. 그래서 부끄러웠다. 몹시도 부끄러웠다. 집으로 돌아가는 길은 평소보다 멀었다. 몸서리가 쳐졌다. 이후로 강 선생님을 찾아뵐 수 없었던 것은 당연했다.

20년이 흐른 지금, 삶이란 정말 알 수 없어 나는 글을 쓰는 사람으로 살고 있다. 진료실에서 나와 집으로 돌아가면 간단하게 운동을 하고 다시 집에서 나온다. 단골 카페로 가서 매일 정해 둔 만큼 글을 쓰고 나면 두 번째 퇴근을 한다. 이렇게 생활한 지 5년째고 병원에서 내게 주어진 역할만큼이나 소설가로서 내게 주어진 역할도 소중히 여기는 편이다.

과학을 하는 사람으로서 사주나 타로 같은 것을 믿을 리 없지만 이쯤 되면 운명이라는 것도 있지 않나, 라는 생각을 하게 된다. 쓰는 사람으로 산다는 것은, 특히나 소설을 쓰는 사람으로 산다는 것은 의지나 의욕 같은 단어를 훌쩍 초과하는 광적인 집념을 필요로 한다. 강 선생님이 '열이 형에게는 없었고 열이에게는 있었다.'는 그 집념 말이다. 그런 집념은 건강에 하등 좋지 않고 마음도 쉽사리 상하게 한다. 제정신이라면 누구에게도 권하고 싶지 않은 이 일을 계속하고 있다는 것은 운명이 아니고는 달리 설명할 길 없을 듯하다.

　혁이와는 여전히 친하게 지낸다. 하지만 민이와 범이와는 연락이 끊어진 지 오래다. 한때는 평생 함께할 것만 같았던 친구들과도 자연스럽게 멀어진다. 불화가 있어서도 아니고, 치고받고 싸워서도 아니다. 그냥 살다 보면 그렇게 된다. 세월이 흐를수록 사람과 멀어지는 일에 익숙해지게 된다. 타인에게 기대를 갖지 않게 된다. 그건 나쁜 일이 아니다. 오히려 어른이 되어가는 증거라고 나는 생각한다.

　강 선생님의 말에 과도하게 수치심을 느꼈던 것도 어쩌면 내가 그만큼 어렸기 때문이 아니었을까. 2021년에 첫 번째 소설집을 펴냈다. 혁이에게 책을 보내면서 오랜만에 강 선생님을 생각했다. 수소문하자면 수소문해 볼 수 있었겠지만 강 선생님께는 부치지 않았다. 아마 앞으로도 부치지 못할 것이다. 다만 이런 생각은 해 본다. 망망대해를 향해 던진 유리병 편지처럼 연이 닿는다면 세상에 나온 그 책이 선생님께도 가닿지 않을까, 라고. 그러므로 글을 쓰는 이유 중 아주 작은 이유 하나는 이제는 끊어진 인연에게 내 존재가 가닿기를 바라는 마음인지도 모르겠다.

중학교 도서관에서 나와 집으로 돌아가던 현석에게

너는 지금 당혹스러운 발걸음을 옮기고 있을 것이다.
하지만 그런 네게 나는 삿된 위로를 해 줄 생각이 없
다. 너는 곧 '남의 똥꼬나 보는 일'이 생각보다 괜찮은 일
이라는 것을 알게 되니까. 지금 너는 세상과 너무 일찍
타협을 했다는 생각에 부끄러워하고 있겠지만 머지않아
너는 거리로 나가게 되고, 철탑 위를 오르고, 농성장을
돌아다니게 된다. 너의 자리에서 네가 할 수 있는 일을
찾는 어른이 된다.

그리고 지금 이런 말을 한다고 해도 네가 믿을지 모르
겠지만 너는 소설가가 된다. 정말 쓰기 싫어 미칠 것 같
은 날을 빼면 어떻게든 그날의 분량을 다 채우고 잠자리
에 드는 직업인이 된다. 원고료와 인세로 받은 돈이 종
합소득세로 나가는 바람에 실질적으로는 자원봉사를
하는 직업인이긴 하지만 어쨌든 너는 그 일을 무척 좋아
하게 된다.

네가 지금 집으로 돌아가는 길은 어둑할 것이다. 앞으

로 네게 펼쳐진 길도 밝은 날보다는 그렇게 어두운 날이 많을 것이다. 너는 수없이 걷기를 포기하려고 하겠지만 그럼에도 네가 그 길을 계속 걷기를 바란다. 어쨌든 걷다 보면 너는 지금의 내가 되어 있을 테니까.

너는 돌아가고 싶지 않은 과거다.

나는 그게 무척 고맙다.

불안함을 양발 아래 딛고 지내던 열여덟 살의 여름,
나는 가끔씩 중학교 시절 따뜻한 포용의 기억을 되새기곤 했다.
그 무렵 내 마음 한구석에서 어떤 궁금증이
솟아오르기 시작했다. 한강의 폭만큼이나 떨어져 있던
고등학교와 중학교 친구들을 곰곰이 떠올려 보며.

여름을 걷는 시간

박다해

박다해

『한겨레신문』 기자. 들리지 않는 목소리를 들리게,
보이지 않는 존재를 보이게 하는 기사를 쓰고 싶다.
백팩을 자주 메는데 여름이면 꼭 등에만 땀이 나 곤혹스럽다.
열기보다는 습기에 약한 편. 30도를 훌쩍 넘어도 끈적이지 않는,
스페인에서 보낸 스무 살의 여름을 종종 그리워한다.

삼성동 유학원

햇살 때문에 눈이 부시는데 에어컨의 찬 공기가 팔에 오톨도톨한 닭살을 만들어 낸다. 서울 삼성역 인근의 한 유학원, 교실 끄트머리에 앉아 벽에 가만히 머리를 기대고 이곳의 온도를 가늠해 본다. 이런 이질감이 유달리 살갗에 와닿는 건, 어쩌면 이 감각 자체가 내 몸에 익숙하게 체화돼 있기 때문이 아닐까 하는 생각이 든다. 외부 환경이 만들어 내는 괴리가 마음마저 흔든다.

고등학교 2학년 때까지 나는 학교에서 '대기자 명단'에 올라 있었다. 미국 대학 입시를 준비하는 유학반에 포함된 것도 아니고, 그렇다고 국내 대학을 준비하는 것도 아닌 학생이라는 의미. 이 대기자 명단은 내가 여전히 경계선에 서 있는, 불완전한 존재라고 말해 주는 것만 같았다. 고등학교 2학년 여름 방학은 둘 중 한쪽을 택해야 할 (어쩌면) 마지막 기회. 하지만 나는 이때까지도 마음을 정하지 못한 터였다. 미련을 놓지 못해 별도로 꾸역꾸역 사교육을 받았지만, 내가 속한 집단 안으로 오롯이 녹아들지 못하고 있다는 생각이 스멀스멀 마음을 채우곤 했다.

이질감은 10대 시절 내내 나의 존재를 구성한 주된 감각이기도 했다. 아버지의 직장 때문에 인천에서 천안으로, 다시 서울로 지도 위 삼각형을 그리며 10대를 보냈다. 9년 동안 세 곳의 초등학교, 두 곳의 중학교를 거쳤다. 옮길 때마다 나름의 적응 방법을 만들어 냈고 또 터득했다. 잦은 이동 탓에 동네 친구는 오래가지 못했다. 같은 초등학교에서 같은 중학교로, 다시 그곳에서 같은 고등학교로 함께 진학하는 이들이 종종 부럽기도 했다. 낯선 환경에 적응하기 위해 필요 이상의 에너지를 소진하지 않아도 될 테니.

줄기차게 이어지던 이사는 중학교 2학년 때 한강 언저리에 정착하면서 끝났다. 하지만 고등학교에 진학한 뒤의 생활도 이

전의 경험과 크게 다르지 않았다. 따로 시험을 치르고 입학해야 하는 곳이었기 때문이다. 물론 모두가 이방인처럼 낯선 관계를 맺는 곳은 아니었다. 강남·목동·분당 등 이른바 한국에서 가장 교육열이 높다는 지역에서 같은 학교나 학원 등을 다니며 이미 친해진 상태로 고등학교에 합격해, 우르르 함께 다니는 이들도 많았다. 반면 내가 다니던 중학교에서, 이 학교에 입학한 신입생은 내가 유일했다. 나는 다시 전학생이 된 것처럼 적응력이 필요했다. 여러 번의 전학 경험을 총동원해도 쉽지 않을 정도로 이곳은 완전히 다른 세계라는 걸 깨닫기까지는 그리 오래 걸리지 않았다.

삼성역 사거리

바짝 솟아올랐던 피부가 진정된다. 찬 공기에 어느 정도 적응이 됐다는 신호다. 지루하게만 느껴지던 수업이 끝나 가방을 주섬주섬 챙긴다. 간단히 요기를 한 뒤 운동 겸 천천히 걸어서 집으로 향할 생각이다. 1~2년 전 인근의 다른 어학원을 다닐 때부터 종종 영동대교나 성수대교를 건너 집으로 돌아가곤 했다. 털레털레 걸어 삼성역 사거리로 나온다. 열기가 훅 덮쳐 온다.

학원에 다니며 삼성역에서 청담동, 가끔 압구정까지 걸어가는 날이면, 눈에 익은 아파트를 지나곤 했다. 나는 고작 열여덟의 나이에 '가장 비싼 아파트 순위'를 꿰고 있었다. 실은, 자연스럽게 터득했다. 같은 학교 친구들 중에 실제로 그곳에 사는 이들이 종종 있었기 때문이다. 입학 이후 1년 여의 시간은 발견과 (내적) 감탄의 연속이었다. '와, 실제로 저런 (비싼) 곳에 사는 친구도 있구나.' '와, 부모님이 뉴스에서나 보던 직업을 가진 경우도 있구나.' '와, 학생이 이렇게 값비싼 옷을 아무렇지 않게 사 입기도 하는구나.' 하는.

문자 그대로 "부족함이라곤 하나도 보이지 않는" 아이들이 넘쳐 나는 곳이었다. '멘사'에 가입할 정도로 뛰어난 아이큐를 지닌 이들도, 심지어 그런 비상한 두뇌를 갖고도 성실하게 공부하는 이들도, 오케스트라 단원이 아니면 접해 보기 힘든 악기를 수년째 배우고 있는 이들도 많았다. 이곳에서 '가능한 한 매끄럽게' 적응하는 일은 17년 삶의 모든 구력을 다 동원해도 가끔은 벅찬 경우가 있었다.

이런 환경에서 가장 좋아하던 과목인 영어로부터의 배신(?)

은 어쩌면 예정된 수순이었는지 모른다. 나는 어렸을 때부터 유달리 영어를 좋아했다. 귀여운 돼지(Pig) 캐릭터가 커다란 연필(Pencil)을 타고 있는 그림이 그려진 학습지로 알파벳 'P'부터 배우기 시작했다. 발음이 녹음된 테이프를 재생하고, 되감았다가, 재생하길 반복하며 영어를 익혀 나갔다.

'즐거운 배움'의 속도를 누가 쫓을 수 있으랴. 좋아하니 또래보다 조금 더 나은 실력이 뒤따라왔고, 잘하게 되니 이를 이용해 더 넓은 세상을 경험하고 싶다는 생각이 피어났다. 사회적인 분위기도 맞물렸다. 주요 외국어고등학교에서 앞다퉈 유학반을 개설하면서 고등학교를 졸업한 뒤 바로 유학을 가는 일이 바람처럼 막 불기 시작했던 시기였다. 한국에서만 살아온 '토종' 학생이 보란 듯이 아이비리그에 입학했다는 성공기를 담은 책들도 하루가 멀다고 쏟아져 나왔다.

그런 책들을 읽으며 자연스럽게 꿈을 키웠다. 기왕 더 '큰물'에서 배우면 좋지 않을까? 막연하나마 전 세계 곳곳에서 일하면 재밌을 것만 같았다. 꿈의 종착지는 UNHCR(유엔난민기구)이었다. 유엔의 모든 기구를 샅샅이 살피다 도달한 곳. 2학년 때까지는 장래 희망란에도 이 다섯 개의 알파벳이 뚜렷하게 적혔다. 꿈의 시작인 외고에 일단 왔으니, 나의 꿈도 곧 닿을 것만 같았다. 이곳의 진가를 알기 전까지는.

영동대교 남단

걷다 보니 등에 땀이 송골송골 맺힌다. 강바람 덕분인지, 다행히 한강이 보이자 열기도 숨을 살짝 죽인다. 귀에 꽂은 이어폰에서는 다이나믹듀오의 1집 〈택시 드라이버〉의 일곱 번째 트랙 '신나?'가 흘러나온다. 흥이 절로 난다. 다리만 건너면 집까진 금방이다. 땀을 식히기 위해 가방을 앞으로 둘러메고 자못 씩씩한 척 걸음을 옮긴다. 조금씩 잰걸음이 느려진다. 맑은 여름날의 한강은 모든 고민을 잠시 잊게 해 주는 쉼터가 되어 주곤 한다.

영어와 절교(!)하게 된 건 학교 유학반 입실 시험을 보던 날의 일이었다. 고등학교에 입학하고 얼마 지나지 않은 때였다. 유학반 입실 시험 공고를 보고 별다른 고민 없이 지원했던 터였다. 누구보다 영어를 좋아했고, 미국에 가고 싶었으니까. 그 이유면 충분한 줄 알았다.

시험 날 다른 친구들과 희희낙락대는 발걸음으로 시험장에

도착했다. 절망은 이제부터. 나눠 받은 시험지를 훑기 시작한 순간 머리가 새하얘졌다. 아찔함이 몰려왔다. 생전 본 적 없는 낯선 영단어들이 즐비했다. 어찌어찌 지문들을 해석해도 객관식 보기에 있는 단어들이 생소해 제대로 풀 수 있는 문제가 없었다. '흰색은 종이, 검은색은 글씨'임을 판별하는 수준과 별반 다르지 않았다. 심장이 쿵쾅댔다. '나만 못 푸나?' 충격에 주위를 둘러볼 겨를도 없었다. 그토록 좋아하고 나름의 자신도 있던 영어가 내 삶에서 떨어져 나가는 순간이었다. 진땀을 빼며 시험지를 제출했고, 그렇게 나는 (탈락과 다를 바 없는) '대기자'가 됐다.

나중에 알았다. 이 학교에는 영어를 모국어와 다름없이 사용할 수 있는 학생들이 상상 이상으로 많다는 것을, '교육 특구' 같은 곳에서 온 친구들은 이미 입학 전부터 유학원 등을 다니며 SAT (미국의 대학입학 자격시험) 공부를 시작했다는 것을. 나는 그저 입학 전까지 '놀 수 있는 마지막 기회'라며 가능한 모든 방법을 동원해 실컷 즐겼을 뿐이었다. 그렇게 경계선에 서서 위태로운 균형을 유지하는 생활이 시작됐다. 한번 꺾인 영어에 대한 자신감은 여전히 올라오지 않은 채로.

영동대교 북단

노래를 네다섯 곡 정도 더 들으면 다리 반대편에 도달한다. 이제 골목길로 진입. 버스 한 대가 지나가면 도로가 꽉 찰 정도로 좁지만, 기꺼이 '우리 동네'라고 할 만큼 친근하다. 고층 빌딩이 가득한 삼성동을 떠올리다, 도로 양옆에 늘어선 낡은 갈색 벽돌 건물을 응시한다. 다시, '삼성-청담-압구정' 주변에서 만나는 고등학교 친구들과 이곳에서 함께 놀았던 중학교 친구들을 떠올린다.

그 시절 나는 한강을 사이에 두고 북에서 남으로, 다시 남에서 북으로 걸어 다니며 간극의 의미를 몸으로, 눈으로 함께 익혔는지도 모르겠다. 당시 살던 곳은 공장 지대였던 흔적이 채 가시지 않은 동네였다. '빠루'처럼, 생전 처음 보는 일본어가 쓰인 간판이 골목 곳곳에서 눈에 띄었다. 전봇대에 '미싱사·시다 구함' 따위가 적힌 전단이 붙어 있어 한참을 신기하게 바라본 적도 있다. 좁고 구불구불한 골목과 색이 바랜 벽돌 건물이 흔하게 자리한 이 동네의 첫인상은 회색이었다. 삭막했고 또 황량했다.

이곳에서 사귄 중학교 친구들은 고등학교 때와는 또 다른 의미로 내게 새로운 세상을 열어 주었다. 아파트가 아닌 오래된 주택이나 단칸방에서 살던 친구들, 학교가 끝나면 학원 대신 패스트푸드점 등으로 아르바이트를 가던 친구들, 공부는 진즉에 포기해 학교에서 종일 잠을 자던 친구들, 종종 선생님이 고성을 지를 정도로 말썽 피우던 친구들. 전학 오기 불과 2년 전, 온 매체를 장식할 정도로 떠들썩한 학교 폭력이 발생한 동네이기도 했다. 모두 처음 부닥치는 상황이었다.

이 친구들은 자연스럽게 나의 시야를, 사유를, 세계관을 넓고 깊게 확장해 줬다. 지레 겁먹은 것이 민망할 정도로, 이들은 기꺼이 우정을 나눴다. 내가 생경한 세상에 눈을 뜨고 조금씩 적응하고 있는 동안에도, 이들은 낯선 지역에서 온 나를 함부로 판단하거나 평가하려 들지 않았다. 대신 있는 그대로 받아들여 주었다. 다른 점은 다른 대로, 비슷한 점은 비슷한 대로. 함께하는 즐거움 앞에서 그게 뭐가 대수라는 양 내가 온전히 집단에 녹아들 때까지 넉넉한 마음으로 기다려 주곤 했다. 열다섯에서 열여섯, 중학교 생활 2년은 그렇게 환대와 존중 속에서 보냈다. 성적, 가정환경, 부모님의 직업 등 이른바 '어른'의 시선으로 관계를 재단하는 것이 무의미함을 몸소 깨달은 시기였다.

뚝섬

구불구불한 옛길을 걷는다. 인도가 따로 없어 몸을 요령껏 피하는 기술이 필수! 동네 터줏대감 격인 시장과 미용실, 사진관을 지나 집에 도착한다. 어쩐지 다리 한쪽은 사는 곳에, 다른 쪽은 한강 이남에 걸쳐 둔 채 서 있는 것만 같다. 두 다리가 한곳에 정착돼 있지 않으니 오리처럼 뒤뚱뒤뚱 걷는다.

불안함을 양발 아래 딛고 지내던 열여덟 살의 여름, 나는 가끔씩 중학교 시절 따뜻한 포옹의 기억을 되새기곤 했다. 그 무렵 내 마음 한구석에서 어떤 궁금증이 솟아오르기 시작했다. 한강의 폭만큼이나 떨어져 있던 고등학교와 중학교 친구들을 곰곰이 떠올려 보며.

이를테면 이런 의문들이다. 양쪽의 차이는 어디서 만들어지는 걸까. 부모님의 직업이나 가정환경을 선택해서 태어나는 일은 애초에 불가능한데, 우리가 한 살씩 나이를 먹을 때마다 이 차이는 어떻게 더 벌어질까. 지금은 그저 어디서 놀고, 어떤 옷을 사고, 어떤 식당에서 음식을 먹는지가 다를 뿐이다. 하지만 성인이 된다면? 그리고 직업을 갖게 된다면? 모두에게 주어진

삶은 지극히 '우연'일 뿐인데, 우연 때문에 삶의 조건과 환경이 달라지는 건 과연 당연한 일일까? 우연이, 차이를 넘어 차별이 된다면? 그건 과연 정당한 일일 수 있을까?

　꿈꿔 왔던 유학반에 들어가지 못하고 대기자 명단에 올라, 이도 저도 아닌 경계에 서 있는 듯한 느낌이 늘 나를 맴돌았던 시기였기 때문에 이런 고민이 유난히 몸에 도드라지게 새겨졌는지도 모른다. 어쩌면 나는 서로 다른 이질적인 집단에서 모두 '적당히' 적응할 수 있는 존재였던 동시에, 양 집단 어느 곳에서도 '완전히' 스며들 수 없는 환경에서 생활하고 있다는 자각이 조금씩 생길 무렵이었다.

　영어를 무척이나 좋아해 열심히 공부했지만 다니던 학교에서 완전히 수용될 정도의 실력은 아니었다. 부모님의 지원을 받아 학원에 다니며 상대적으로 편안한 환경에서 공부하는 것이 너무나 당연했던 내가 아르바이트하는 중학교 친구의 삶을 완전히 이해할 턱이 없었다. 모두와 '존중'과 '배려'로 엮인 관계였지만, 동시에 양쪽 모두에서 경계인이나 주변인의 삶을 사는 건 아닐까 하는 고민이 조금씩 생겨났다. 무엇이 답인지 알 수는 없었다. 당시 내릴 수 있던 최선의 결론은 그저 이 '틈'에 대한 고민의 끈을 놓지 않는 것뿐이었다.

다시, 한강

한강의 여름은 여전히 나를 반겨 준다. 그해 여름의 마음과 고민을 잊지 말라는 듯이.

고등학교 2학년 여름 방학은 긴 거리를 오갔던 보람 없이 끝났다. 나는 여전히 '수능을 볼 계획도 없지만 그렇다고 유학 준비도 안 하는 채로' 그해를 마무리했다. 한번 꺾인 자신감은 돌아오지 않았고, 손에 잡힐 듯 명확했던 꿈은 희미하고 뭉툭해져 갔다.

대신 자라난 건 호기심이다. 가끔씩 한강을 건너며 열다섯 살에 처음 서울에서 만난 인연들을 곱씹곤 했다. 이미 성공을 보장받은, 안전한 울타리 안에 사는 고등학교 친구들에 견주면 한없이 불안한 삶이라고 사회는 평가할 것이다. 하지만 이는 우연한 차이였을 뿐, 어른들이 보지 못한 세계의 이면엔 이곳 친구들만의 따스함과 포용력, 이타심이 존재했다. 어른이 되어 갈수록 그 가치만큼 제대로 평가받지 못할 것들이었다.

이러한 간극에 대해서 못내 풀리지 않는 의문들이 쌓여 갔다. 이 답 없는 고민을 반복하면서 새로운 꿈의 틀이 조금씩 잡혔다. 세상에 어떤 차이가 있는지 드러내고 싶다, 그 차이가 만들어 내는 차별이 과연 옳은지 질문을 던지고 싶다, 그 차별의 틈이 더 이상 벌어지지 않도록 함께 고민하고 싶다…… 그리고 이런 물음을 놓치지 않고 계속 붙잡고 있는 삶을 살고 싶다는 바람의 형태로. 생애 첫 실패를 경험하고 표지를 잃은 채 방황하던 시기였지만 거꾸로 그 방황 덕에 새로운 고민이 자라날 수 있던 셈이다.

그 여름 이후 15년여가 훌쩍 지난 지금도 종종 한강을 걸어서 건너곤 한다. 멀리서 바라보는 것만으론 한강 양쪽의 차이를 가늠하기 힘들 정도로 풍광이 많이 변했다. 낡고 빛바랬던 동네는 이제 서울의 손꼽히는 부촌이 됐다. 낯설어진 동네를 보며 가끔 열여덟 살의 여름을 떠올린다.

당시 어디에도 온전히 뿌리내리지 못한 듯한 느낌, 늘 주변부에 서 있는 것만 같다는 마음이 결국 삶을 관통하는 화두가 됐다. 말할 수 있는 창구가 부족하거나 없는 사람을 만나 그들에게 마이크를 쥐어 주고 싶다는 생각이 들었다. 소수자의 존재를 드러내고 그들의 이야기를 공론장으로 끄집어 올리는 일을 하고 싶었다. 의식적으로 차별에 더욱 민감하게 반응하고, 사회 이면의 이야기를 들추며, 평가와 판단의 기준을 다양하게 만들고 싶었다. 기자라는 직업을 택한 건 그 때문이다.

　이 일을 하면서 지칠 때마다 나는 종종 다시 한강을 걷는다. 서울의 경계를 만드는 이곳을, 고민을 한 보따리 쥐고 걸었던 열여덟 살 여름의 그 마음을 잊지 않기 위해.

10대의 박다해에게

주류 안의 비주류.

살아온 궤적을 되짚어 보면서 나름 정리해 본 나의 정
체성이야. 난 학교에서나 집에서나 얌전히 순응하는, 성
실한 '모범생'과는 거리가 좀 있었던 것 같아. 특히 사춘
기였던 고등학생 때는 더욱더.

내 딴에 옳지 않다고 생각하는 일이 발생하면 냅다 교
감 선생님한테까지 달려가 항의도 했고, 학주 선생님한
테 걸려서 된통 혼난 적도 종종 있잖아. 별로『명심보감』
을 외우고, 부모님이 학교에 불려 오시기도 하고, 심지어
담임 선생님이 징계 위원회에서 꾸벅 허리 굽혀 사과를
해서 일이 무마된 적도 있지.

고등학생 때 마주한 여러 풍경을 보며 뭔가 부조리
하다고 느낀 적도 종종 있을 거야. 난 또 그렇다고 학교
를 자퇴하거나 전학을 갈 만큼 용기가 있진 않았어. 내
가 다니던 학교가 사회적으로 어떤 인정을 받는지, 이곳
에 나를 입학시키기 위해 부모님이 어떤 노력을 해 왔는
지, 이곳에 다니는 일이 부모님을 얼마나 뿌듯하게 만들

어 주는지 잘 알고 있었거든. 그리고 나 역시 소위 말하는 '성공'이라는 달콤한 사탕을 끝내 포기하지 못하는 사람이었고. 그 사탕을 떨어트리지 않기 위해 늘 일기장에 "정신 차리자."라고 주문을 외듯 적으며 자신을 보채기도 했지.

그런데 지나고 나서 돌이켜 보니 나라는 사람을 완성한 건 애써 '주류' 집단에 속하기 위해 발버둥 치던 날들보다는 '비주류'의 존재로서 나를 자각한 시간이더라고. 다수의 흐름과 다른 내 생각을 발견한 순간, '원래 그렇다.'라는 말에 기어이 딴지를 걸어 버리던 순간, 그리고 무엇보다 각자의 이름만큼이나 다른 배경과 상황 속에서 삶을 꾸려 온 다양한 친구들과 만나고 교류하는 순간처럼 말이야.

아마 현실과 욕망 사이에서 너는 때때로 열등감에 휩싸이고, 오만해지기도 했다가, 좌절할 때도 있을 거야. 가끔은 작은 성취감도 있을 테지만 그 뿌듯함을 고스란히 느끼기도 전에 또 다른 상실감의 파도가 너를 덮쳐 올수도 있어. 하지만 충분히 고민하되 너무 오래 자책하지

는 마. 남들과 다르고 조금은 부족한 것처럼 보이기도
하는 그 지점이 너의 세계를 더욱 확장해 줄 테니까. 고
민을 멈추지만 않는다면 무척 잘하고 있는 거야.

수고가 많아, 늘.

✸

언니들이 입고 있던 1990년대 유행하던 줄무늬 피케 티셔츠와
무릎까지 오는 청반바지의 복장이 생생하다.
교정에는 활기가 가득했고, 한여름인데도
나무 그늘 아래의 공기가 시원했다. 그날의 여름 냄새가 좋았다.
나는 초등학생인데도 벌써 대학생이 된 것만 같았다.

렘브란트의 여름

— 부산 덕천동 이야기

하고운

하고운

한여름 정오에 태어났다. 태양을 숭배하는 여름형 인간으로,
봄과 여름 사이 나무들이 자라나는 계절을 가장 좋아한다.
고등학교에서 국어를 가르치며 『우리들의 문학시간』을 썼다.

예정이 언니 이야기를 해야겠다.

　사촌들 가운데 내가 가장 좋아했던 사람은 예정이 언니였다. 언니에 대한 최초의 기억은 좋아하는 것들로 둘러싸인 언니의 조그만 방. 초등학생이던 나에게 취향이라는 것을 어렴풋하게나마 처음 알려 준 사람이 바로 예정이 언니다. 언니는 한참 어린 나를 자신과 동등한 인간으로 봐 주었다. 어리다고 무시하지 않았고, 초등학생이라는 이유로 귀찮게 여기지도 않았다.

　방학이면 친척 집에 가는 것이 큰 여행이던 시절, 나와 여동생은 매번 노래를 부르며 부산 외갓집에 가자고 조르곤 했다. 예정이 언니는 나보다 여덟 살이 많았고, 두관이 오빠는 나보다 네 살이 많았다. 그러니까 내 동생 그림이는 예정이 언니와 열

141

한 살, 두관이 오빠와는 일곱 살 차이가 났다. 우리는 어엿한 대학생, 고등학생이던 그들과 비교가 안 되는 꼬맹이였는데도 부산에 가면 두 사람은 언제라도 반갑게 우리를 맞아 주곤 했다.

"고운 그림이 왔나!"

내가 살던 창원에서 부산 외갓집으로 가는 길이 멀지는 않았지만, 아빠는 부산 가는 일을 꺼리곤 했다. 부산은 길이 막힌다는 이유였다. 낙동강을 건너 꾸불꾸불한 길을 따라 45도 경사의 오르막길을 올라 전신주가 엉킨 좁은 골목길을 지나야 했다. 그러고 나면 외삼촌네 낡은 아파트가 나왔고 나는 차에서 내리자마자 "삼촌, 삼촌!" 부르며 쏜살같이 뛰어갔다. 외삼촌네 현관에 들어서면서부터 행복을 가득 들이마시는 기분이었다.

외갓집에 가면 외숙모가 해 주는 밥이 정말 맛있었다. 별다른 반찬이 없어도 외숙모의 손맛이 들어가면 마법의 가루가 뿌려진 듯했다. 우리는 허겁지겁 밥을 두 그릇씩 먹었다. 된장국도, 계란말이도, 불고기도, 하물며 김치마저도 엄마가 해 주는 것보다 200배는 맛있었다. 언니 오빠는 그런 우리를 보며 고모가 밥을 안 해 주냐, 밥을 굶고 왔느냐, 하긴 고모 밥이 맛이 없지, 하며 장난을 쳤다.

큰방 TV 옆 거실 장 위에 놓여 있던 외삼촌네 가족사진을 아직도 기억한다. 얼굴이 하얗고 눈썹이 진한 큰외삼촌, 서글서글한 눈매의 큰외숙모, 폭넓은 카라의 블라우스를 입고 머리를 단정하게 묶은 예정이 언니, 이마에 다친 흉터가 있고 사진 밖으로 금세 튀어나올 듯한 두관이 오빠. 내가 제일 좋아했던 큰외삼촌 가족의 풍경이다.

초등학교 6학년이었을까? 그해 여름 방학에도 부산에 놀러 갔다. 예정이 언니에게 놀아 달라고 했더니 언니가 "대학 친구들과 스터디가 있는데 같이 갈래?" 하고 물었다. 나는 좋았다. 대학생 언니, 미술을 공부하는 언니, 말을 예쁘게 하고 항상 나한테 잘해 주는 언니. 언니가 나한테 집에서 혼자 놀라고 하지 않고 언니네 학교로 같이 가자고 말했다는 게 너무너무 좋았다.

＊

언젠가부터 가장 좋아하는 화가가 누구냐는 물음에 늘 렘브란트라고 말해 왔다. 렘브란트는 17세기의 네덜란드 화가로, 미술사에서 처음으로 빛을 강렬하게 사용한 사람으로 유명하다. 나는 렘브란트의 그림에서 느껴지는 빛의 질감을 사랑한다. 그가 표현하는 인물의 표정과 몸짓, 거기에 서린 기운까지. 렘브란트의 작품 중에서 제일 아끼는 것을 꼽으라면 역시 그의 자화상 연작이다. 이 땅에서 살아가는 일이 참을 수 없이 싫어지는 날이면 렘브란트의 자화상을 자주 떠올렸다. 그의 자화상이 좋아서 '자화상'이라는 테마로 윤동주와 서정주의 시를 아이들에게 소개한 적도 있다.

내가 보는 나. 나는 어떻게 살고 싶은가. 그러다 문득, 실제로 그 그림을 보고 싶어지는 날이 왔다. 서른이 되던 해 여름에 용기를 내어 혼자 오스트리아 여행을 했고, 빈 미술사 박물관에서 렘브란트의 자화상들을 오래오래 바라보던 날이 있었다.

그때 느꼈다. 내가 그림을 보는 게 아니라 그림도 나를 보고 있구나. 내가 이 시간을 간절히 기다려 온 것만큼 어쩌면 그림도 내가 오기를 기다리고 있었구나.

*

렘브란트를 처음 알게 된 것이 바로 예정이 언니를 따라나선 대학 캠퍼스에서였다. 언니는 여름 방학 때 미술 교육을 전공

하는 친구들과 서양 미술사 공부를 하고 있었는데, 그날 스터디 주제가 렘브란트였다. 여대생 다섯 명이 등나무 아래 동그랗게 모여 앉았고, 예정이 언니 옆에는 누가 봐도 불청객이 분명한 내가 붙어 있었다. 거기 모인 언니들은 초등학생인 나를 딱히 귀여워하거나(귀여워할 외모가 아니긴 했다.) 별다른 관심을 가지지 않은 채 다만 그들의 목적인 미술사 공부로 나아갔다. 동그란 안경을 끼고 몸집이 호리호리한 한 언니가 화집을 열어 렘브란트와 그의 그림에 대해 설명하기 시작했다.

렘브란트에 대한 자세한 설명은 기억나지 않는다. 대신 언니들이 입고 있던 1990년대 유행하던 줄무늬 피케 티셔츠와 무릎까지 오는 청반바지의 복장이 생생하고, 높은 톤의 목소리로 렘브란트에 대해 조목조목 설명해 주던 안경 언니의 눈빛도 그려진다. 교정에는 활기가 가득했고, 한여름인데도 나무 그늘 아래의 공기가 시원했다. 그날의 여름 냄새가 좋았다. 나는 초등학생인데도 벌써 대학생이 된 것만 같았다.

스터디가 끝나고 언니들은 시내로 자리를 옮겼다. 내 기억 속 그곳은 부산의 최고 번화가인 서면인데, 지금 생각해 보니 그냥 언니네 학교 앞 레스토랑일지도 모르겠다. 거기서 난생처음으로 스파게티라는 것을 먹어 본 것 같다. 스물한 살 언니들

틈바구니에 끼여 토마토스파게티와 콜라를 먹었고, 언니들에게 렘브란트에 대해 계속해서 물어봤다. 렘브란트. 입에서 굴리기만 해도 왠지 멋있는 이름.

예정이 언니에게서 새로운 이름들이 계속 쏟아져 나왔다. 『엘리오와 이베트』『풀하우스』『점프트리 에이플러스』같은 만화책의 이름과 '푸른 하늘' '토이' '이오공감'이라는 가수들의 이름,『소공녀』『작은 아씨들』『닥터스』와 같은 소설책의 이름과 함께 '이상민' '우지원' '문경은'이라는 연세대 농구부 선수들의 이름. 그 모든 것이 내게는 쏟아지는 이름들이자 언니가 만들어 놓은 하나의 세계였다. 방학 때마다 부산에 가면서 나는 그 세계를 마치 내 것인 양 느꼈다.

사촌들과 다 같이 아이엠 그라운드를, 혹은 이불 아래에서 손을 꾹 잡는 전기 놀이를, 아니면 집 바깥으로 나와 일부터 열까지 세는 숨바꼭질을 다 좋아했지만, 사실 내가 외갓집에서 제일 좋아했던 시간은 언니 방에 나 혼자 누워 있는 거였다. 가족들이 우르르 큰방에서 TV를 보거나 과일을 먹을 때, 나는 혼자 이상민 브로마이드가 붙여진 언니 방 침대에 누워『작은 아씨들』을 읽었다. 언니가 방문을 열고 "고운아, 그 책 또 읽나?"

하고 물으면 나는 "응!" 하며 언니 방을 독차지하고 다시 책 속으로 파고들었다.

부산에 갈 때마다 조금씩 스며든 예정이 언니의 취향은 자연스레 내 것이 되어 갔다. 학창 시절 내내 순정 만화를 좋아했고, 댄스곡이나 록 음악보다는 잔잔한 발라드를 즐겨 들었다.

무엇보다 언니 방에 있던 파란색 양장본으로 된 '소년소녀문고'는 어릴 적 거의 유일한 독서 경험이었는데, 그 시절의 독서가 지금의 나를 책벌레로 이끈 것일지도 모르겠다. 우리 집에는 문학 전집이 없었지만 나는 엄마에게 책을 사 달라고 조르기보다 부산에 더 자주 갈 것을 요구했다. 언니 방 침대에서 세계문학을 읽다가 파란색 가름끈으로 읽던 자리를 표시하고 잠드는 일. 부산에 다녀올 때마다 나는 쑥쑥 큰 느낌이 들었다.

예정이 언니가 늘 내게 다정하게 대해 주었다면, 두관이 오빠의 두 눈엔 항상 장난기가 가득했다. 오빠가 자신의 엄지손가락을 눌러 보라며 따봉 모양의 손을 내밀면 나는 오빠의 엄지를 눌렀다. 그럼 오빠는 방귀를 뿡 끼고 낄낄 도망가곤 했다.

"간질 간질 간질 발가락이 간지러워 무좀약을 발랐더니 다 나았네." 같은 이상한 노래들을 직접 만들어 불러 주는 것도 두관이 오빠였다. 엄지발가락으로 TV 전원을 끄는 방법, 무서운 척하거나 괴상한 표정을 짓는 방법, 생각지도 못한 장소에 숨는 방법을 두관이 오빠에게서 배웠다. 시답잖은 농담으로 우리를 웃겨 주던 오빠가 잠시 침묵의 세계에 빠진 건 큰외삼촌의 장례식 이후였다.

＊

엄마 가족은 6남매. 엄마가 태어나자마자 외할아버지가 돌아가셨다고 들었다. 외할머니는 홀로 경남 고성의 상리라는 아주 작은 시골 마을에서 농사를 지으며 6남매를 키워 냈다. 엄마는 막내였고, 한 명의 언니와 네 명의 오빠가 있었다. 엄마가 가장 사랑했던 큰오빠, 즉 큰외삼촌은 그 시절의 장남들이 그러했듯이 열심히 돈을 벌어 가족 뒷바라지를 하고 동생들을 거뒀다.

엄마는 결혼한 큰외삼촌 집에 같이 살면서 진주에 있는 여고에 다녔는데, 막내 외삼촌이 밤만 되면 술 취한 친구들을 큰외삼촌 집에 데려와 곤란을 겪었다고 했다. 큰외숙모가 매일 술상을 차려 주는 모습을 보며 혀를 끌끌 찼다고.

지금으로서는 생각조차 하기 어려운 일인데, 그 시절에는 다들 그러려니 하고 살았다고 한다. 내가 보지 못한 그 광경이 가끔 머릿속에 떠오른다. 어쩔 수 없이 술상을 봐 주면서도 막내 외삼촌과 친구들을 귀여워했을 큰외숙모, 큰외숙모의 음식 솜씨를 찬양하며 열심히 술을 마셨을 외삼촌과 친구들 그리고 옆방에서 그 모습을 어이없다는 듯 흘겨보았을 우리 엄마. 그때 꼬마인 예정이 언니는 큰외숙모 뒤에 숨어 있었을 것이고, 아직 두관이 오빠는 태어나기 전이다. 큰외삼촌이 어떤 표정이었을지는 짐작이 잘되지 않는다. 그건 아마도 내가 큰외삼촌과 함께 보낸 시절이 너무 짧아서일 것이다.

큰외삼촌에게는 손가락이 없었다. 길쭉한 손가락 대신 짧고 뭉툭한 손가락의 흔적만 남아 있었다. 마치 오래된 제과점의 노란 크림이 들어간 커스터드 빵처럼. 나는 주먹처럼 생긴 그 빵을 항상 '손가락빵'이라고 부르곤 했는데, 커스터드 빵을 손가락빵이라고 부르는 사람은 나와 동생이 유일하다는 걸 나중에 알게 됐다.

큰외삼촌은 가족들의 생계를 책임지기 위해 어릴 때부터 공장을 다녔고, 그곳에서 갖가지 산재를 입었다. 그중에서도 손가락이 잘린 사고는 너무 컸기 때문에 더 이상 진주에서 공장을 다니기가 어려웠다. 큰외삼촌 부부는 미래를 고민하다 외숙모의 손맛이 좋으니 학생들을 대상으로 하숙을 치자는 결론을 짓고, 부산으로 이사를 왔다.

짧고 민둥한 손으로 큰외삼촌은 우리를 따뜻하게 안아 주었고, 외숙모가 없을 때면 가끔 라면을 끓여 주었다. 큰외삼촌에 대한 기억이 많지 않음에도 그를 애틋하게 생각하는 이유는 무엇일까. 예정이 언니와 두관이 오빠를 남기고 갔다는 고마움, 엄마가 가장 사랑하는 오빠였다는 사실 그리고 큰외삼촌의 그 손을 어렸을 적의 우리가 좋아했기 때문일까.

어느 날 큰외삼촌은 배가 아파 병원을 찾았고, 췌장염이라는 진단을 받았다. 조금만 조심하면 된다고 했는데 병세가 낫지 않아 다시 병원에 가니 췌장암 말기라고 했다. 생각지 못한, 갑작스러운 죽음이었다.

그리고 그날 엄마의 목소리. 나는 내 방에 있었고, 엄마는 거실에 있는 전화기로 통화를 했다. 엄마가 전화를 끊고 조용히 방에 들어와 나를 꼭 안아 주며 말했다.

"큰외삼촌이 돌아가셨어."

그날 나는 장례식에 가지 못했다. 워낙 가족이 많기도 하고, 나와 동생 그림이가 너무 어렸기 때문에 엄마 아빠는 우리가 장례식에 오는 것이 옳지 않다고 판단하셨던 것 같다.

그렇지만 나는 오래도록 그 일을 원망했다. 나도 외삼촌이 가는 자리에 있고 싶었다. 내가 사랑한 외삼촌을 배웅해 주고 싶었다. 장례식장에서 내 자리를 찾지 못해 서성거릴지라도 큰외숙모와 예정이 언니, 두관이 오빠를 위로해 주고 싶었다. 나는 5학년이긴 했지만 의젓한 아이였고, 장례식장에서 장난을 칠 아이도 아니었다. 그렇지만 엄마 아빠는 나를 장례식에 데려가지 않았다. 그게 두고두고 서운했다.

외삼촌이 젊은 나이에 세상을 떠난 후에도 그의 가족사진은 오래도록 그 자리를 지켰다. 다른 외삼촌들은 모두 나이를 먹어 가고, 막내 외삼촌도 백발이 된 지 오래지만 큰외삼촌만큼은 그때 그 잘생겼던 얼굴로 아직 내 기억 속에 남아 있다. 단정하고 빛나는 얼굴. 오뚝한 콧날과 야무진 입매. 무릎 위에 고이 얹은 손.

✳

재작년 봄에 엄마에게서 전화가 왔다. 엄마가 울면서 말했다.

"큰이모가 돌아가셨어."

큰외삼촌의 장례식에 가지 못한 한이 있어서였을까, 바로 서울에서 김해까지 연가를 쓰고 내려가 큰이모의 장례를 치르는 내내 같이 있었다. 그게 내가 할 도리라고 생각했다. 언제나 나를 환대해 주던 외갓집 식구들에게 잘하고 싶었고, 큰아들에 이어 큰딸을 먼저 보낸 외할머니를 위로하기 위해서도 그랬다.

내가 먼저 내려오고, 다음 날 동생 그림이가 집으로 내려왔다. 나는 장례식장에서 큰이모를 보냈고, 그림이는 집에서 슬퍼하는 외할머니 옆을 지켰다. 큰이모가 하늘나라로 가던 날은 무척 포근했고 따뜻한 바람이 일렁였다. 이모의 숨결처럼. 항상 조카들을 아꼈던 큰이모의 마지막 여정에 예정이 언니와 내가 함께했다. 나란히 서서 눈물을 훔치다 이모의 유골 위에 흙을 덮었고, 나도 모르게 작게 속삭였다. 고마워요.

나와 동생은 외할머니 손에서 컸다. 외할머니는 손녀들을 사랑으로 보살폈지만, 다른 사람들에게는 조금 무정한 데가 있었다. 싫은 소리도 잘하고 자주 큰 소리를 내는 외할머니와 달리

큰이모는 모든 사람에게 친절하게 대하는 보살 같은 사람이었
다. 외할머니와 통화를 할 때면 할머니의 험담을 다 들어 주면
서도 "엄마, 그리 생각지 마이소." 하는 사람. 어린 나이에도 나
는 외할머니에게 큰이모가 없었다면 참 외롭겠다 생각했었다.
우리 할머니는 친한 친구도 없었고, 노인정에도 한번 찾아간
적 없었으니까.

　외할머니 이야기를 글로 쓰고 싶다고 오래 생각해 왔다. 혼
자 힘들게 살아오신 외할머니의 삶을 세상에 꺼내 주고 싶었
기 때문이다. 언젠가 해야지, 해야지 하며 미뤄 오는 사이에 외
할머니는 계속 늙어 가고 작아졌다. 간단한 안부 인사 말고 다
른 대화가 불가능해졌다. 외할머니는 어느 새벽에 화장실에 가
시려다 낙상하여 지난가을부터 요양원에서 지내시게 됐다. 내
마음속에 빚이 늘어 갔다. 빚을 생각하다 보니 외할머니의 괴
팍한 사랑과 함께 떠오르는 것이 예정이 언니가 내게 주었던
존중과 환대였다. 예정이 언니, 큰외삼촌, 큰이모, 외할머니……
나의 외갓집 식구들.

＊

　지난여름에는 일라이 클레어의 『망명과 자긍심』이라는 책을 읽었다. 퀴어이자 장애인으로 자신의 정체성을 고민하며 살아온 사람의 글은 자유로우면서도 날카로웠고, 자기 삶의 질문을 학문의 영역으로 가져와 풀어냈다는 점에서 대단했다. 저자는 이 책의 마지막 챕터인 '주머니 속의 돌, 심장 속의 돌'이라는 글에서 자신의 어린 시절을 돌아보고, 어렸을 적의 경험이 지금의 자신에게 어떤 영향을 미쳤는지를 펼쳐 낸다. 이 글을 읽으며 존중받고 싶었던 어린 시절이 떠올랐고, 내 심장 속에도 돌이 있다는 걸 알게 됐다. 그리고 불현듯 깨달았다. 어린 시절의 내가 진주가 아니라 부산을 사랑했던 이유를.

　가부장적 문화가 강한 진주 큰집에서 나는 수많은 딸 중 한 명에 불과했고, 딸은 출가외인이라는 말을 자주 듣고 살았다. 열 명이 넘는 사촌 언니들이 부엌에서만 북적북적하다 결혼 후에는 사라졌다. 나는 여자라는 이유로 어릴 때부터 과일을 깎고 제사 준비를 했고, 나보다 한 살 많은 사촌 오빠는 남자들의 상에 앉아 어르신들이 두는 바둑 구경을 했다. 외로웠다.

　그러다 부산 외갓집에 가면 신이 났다. 딸과 아들의 구별 없이, 나는 그냥 어린이 중 한 명이 되었다. 외사촌들과 함께 즐겁게 노는 것이 유일한 의무였다. 부산에서 나는 그냥 나라는 존재 그 자체로 받아들여졌다. 공부를 잘해서가 아니라, 착해서가 아니라, 동생을 잘 챙겨서가 아니라…… 그냥 나라서. 부산에만 가면 마음이 편해졌다. 어린 나이에도 그걸 알았다.

예정이 언니를 생각하면 누구에게라도 잘해 주고 싶어진다. 내가 좋아하는 전시회에 데려가고, 맛있는 레스토랑에서 파스타를 사 주고, 문구점과 팬시점에서 작고 귀여운 것들을 사다 손에 쥐여 주고 싶다. 그렇지만 그건 예정이 언니가 아니다.

"언니야, 떡볶이 먹고 싶다."
"진짜? 떡볶이 먹을까?"
"언니야, 어디 가노?"
"고운이도 영화 보러 같이 갈래?"

언니는 언니 뜻대로 내게 뭔가를 요구하거나 해 준 적이 없다. 다만 내가 뭔가를 하고 싶어 할 때, 옆에서 그걸 같이 해 주었다. 생각해 보면 한 번도 거절한 적이 없었다. 어른의 태도가 무엇일까 생각할 때 나는 때때로 예정이 언니를 떠올린다.

예정이 언니를 만나지 못한 지 오래되었다. 언니는 두 아들의 엄마이고 대학 졸업 후 학교에서 초등학생들을 가르친다. 몇 년 전 언니네 집에 갔을 때가 생각난다. 현관에 클림트의 나무 그림이 걸려 있었다. 렘브란트를 만나고 오던 그 여름에 빈의 미술관에서 보았던 그림이었다. 클림트라고 하면 '키스'나 '유디트' 같은 황금빛 그림만 알고 있다가 초록의 점묘화 같은 숲과 나무 그림을 보니 굉장히 새로웠다. 그 나무 그림이 마음에 들어서 작은 마그네틱으로 사 와 냉장고에 붙여 두었는데, 같은 그림이 언니네 집 현관을 장식하고 있었다.

"언니야, 나도 이 그림 좋아하는데."
"맞나? 언니도 좋아한다."

처음 렘브란트를 만난 때로부터 24년이 훌쩍 지났지만 여전히 언니와 내가 얇은 끈으로 이어져 있다고 느낀다. 예정이 언니가 내게 주었던 것은 취향이 전부가 아니었다. 언니에게서 받은 존중과 환대가 아직 내 몸에 남아 있다.

그 힘으로 나도 타인에게 곁을 내어 준다.

열세 살 하고운에게

너는 어렸을 때부터 외할머니에게 이 집의 아들 노릇을 해야 한다는 말을 귀에 못이 박히게 들었지. 엄마가 아들을 낳지 못한 것이 아마 우리와 함께 사는 외할머니가 져야 할 숙제였던 것 같아. 너는 우리 집에 아들이 없다는 사실이 아무런 흠이 되지 않는다는 걸 밝히기 위해 10대 시절 내내 이를 악물고 살았어. 동생을 잘 챙기고 의젓하고 바르게 생활해야 한다고 스스로 말하면서.

그때는 미처 알아채지 못했는데 세월이 흐르고 나니 10대 시절의 네가 얼마나 주변 사람을 의식하며 살아왔는지 알겠어. 큰집에서는 사촌 오빠들 사이에서 괜히 위축되어 있었지. 내가 아들이라면 좋았을 텐데 생각하면서.

나도 여전히 주변의 눈치를 봐. 엄마 아빠의 기대에 부응하려 하고, 조금이라도 좋은 사람이고 싶어서 스스로를 속이기도 해. 누군가가 미워도 쉽게 말하지 못하고 혼자 끙끙 앓는 시간을 보내. 서른이 훌쩍 넘은 나도 여전히 잘하지 못하는 일이지만, 그래도 열세 살의 너에게 말해 주고 싶다. 역할 기대를 조금 내려 두어도 된다고. 꼭 잘해야지, 더 나아져야지 하는 마음을 먹지 않아도 된다고. 조금 풀어져도 된다고.

그리고 그 시절 부산 덕천동에서 지낸 시간을 소중히 여겨 주어 고맙다고.

☀

모두가 말로만 '꿈을 꾸라.'고 하고,
정작 현실에서는 눈에 띄지 않게 '가만히 있어라.' 말하는
사회의 이율배반적인 요구에 나는 어느새 길들어 있었다.
하지만 춤출 때만큼은 내 몸을 저 높은 천장까지 뻗고
휘둘러도 아무도 나를 판단하지 않았다.

무지개가 피었다

이병윤

이병윤

1988년 여름, 서울에서 태어났다. 영화를 만들 때는
Beff라는 이름으로 활동한다. 영화를 만들지 않을 때는 늘 어딘가 돌아다니거나
움직이고 있다. 여름에는 선크림을 온몸에 바른다. 땀이 나면 오히려 좋다.

헬로, 빌리

영화 〈빌리 엘리어트〉를 여러 번 봤다. 특히 뮤지컬 라이브
버전의 영화를 좋아했는데, 여러 번 반복해서 보다가 어느 날
문득 그런 생각이 들었다.
'나도 빌리처럼 되지 말라는 법이 있나?'
무용을 시작하기에는 조금 늦은 20대 후반의 여름 방학에,
나는 무용 학원에 등록했다.
처음 배운 춤은 빌리가 그랬던 것처럼 발레와 탭댄스였다.
평생 춤과 거리가 먼 삶을 살았던 나로서는 무용홀에 가만히
서 있는 것만으로도 몸에서 땀이 주르륵 흘러내렸다. 서 있는

발의 위치에 따라 부르는 포지션의 명칭이 다르다는 것도 그 때 처음 알았다. 발을 이동할 때 발바닥을 바닥에 쓸듯이 움직이는 디테일, 팔을 뻗을 때 우아한 손끝의 모양과 시선 처리 등 하나하나 허투루 낭비하는 동작이 없어서, 그동안 몸의 소리에 귀 기울이지 못한 채 살아오던 나에게는 큰 충격으로 다가왔다. 귀를 쫑긋 세우고 익숙하게 발레 바 순서를 해 나가는 선배 수강생들의 모습을 보며 얼른 저렇게 멋있게 되고 싶다고 생각했다.

탭슈즈를 처음 신은 날, 스텝을 밟을 때마다 퍼지는 '또각' 소리가 잊히지 않는다. 진동이 내 몸을 타고 올라와 골을 흔들어 놓고 혼을 울렸던 것 같다. 탭슈즈를 신고 거울 앞에 선 내 모습을 볼 때마다 미소가 떠올랐다. 시작할 때는 나의 부족한 모습에 자괴감이 들었지만, 훗날 멋있어질 나 자신을 상상하며 희망에 가득 찼다.

그렇게 단순한 취미 활동으로 시작했던 춤바람은 현대무용, 재즈, 뮤지컬댄스, 마사그라함 테크닉, 힙합, 얼반, 팝핀, 하우스, 보깅, 댄스스포츠 등을 수강하기까지 이어져 갔다. 중간중간 영화 촬영 스태프와 아르바이트도 병행해야 해서 꾸준히 못할 때도 있었지만, 내가 번 돈은 결국 춤을 배우는 데 투자되었다. 내 생애 처음으로 제대로 숨을 쉴 수 있게 된 것 같았다.

춤으로 숨통이 트인 것에는, 어려서부터 자라 온 배경이 한 몫한 것 같다.

자유롭고 불안하고 이상한 아이

나는 어린 시절에 누나의 원피스를 입는 걸 좋아했다. 특히 치마를 입고 침대에서 방방 뛰는 걸 즐겼다. 마치 공중을 나는 무협 영화의 주인공이나 파워레인저가 되었다고 느꼈던 것 같다. 치마를 입고 뛰면 옷자락이 휘날리니까 하늘을 난다는 상상에 더 가까워진다고 생각한 것 같다.

다섯 살의 여름, 하루는 침대 위에서 앞 텀블링 뒤 텀블링을 하다가 그만 서랍 모서리에 잘못 착지했다. 눈썹으로. 다행히 눈을 피해 가 실명하진 않았지만 눈썹이 벌어져 뼈가 보이고 뜨거운 피가 콸콸 쏟아졌다. 내 비명을 듣고 달려온 엄마 아빠는 차로 30분 거리에 있는 종합병원 응급실에 나를 데려갔다. 마취를 하지 않고 대여섯 바늘을 꿰맸는데, 아직도 그 흉터가 선명하게 남아 있다. 이후에는 전처럼 치마를 입을 수가 없었다. 물론 누나의 바비 인형으로 하는 전쟁놀이는 계속됐다.

자라면서 내내 들어온 말은 "하지 마라." 아니면 "만지지 마라." 그리고 "가만히 있어라."였다. 호기심이 강해서 어디서든 움직이고 무엇이든 만져 봐야 직성이 풀렸다. 그러니 당연히 학교에서 수많은 오해를 받았다. 입으로 인디언 소리를 내고 돌아다녔더니 하루는 선생님께서 부모님께 진지하게 얘기하셨다, 내가 정신이 이상한 것 같으니 검사를 받아 보라고. 학교에서의 욕구 억압이 걱정되었는지 부모님은 부족한 형편에도 나에게 다양한 학원에 다니게 시키셨는데 산만했던 나는 어디든 늘 얼마 다니지 못하고 금세 관뒀다.

하다하다 어느 날은 부모님이 내게 쿵푸를 배워 보라고 권하셨다. 쿵푸를 배우면 하늘을 날 수 있다는 엄마의 말을 나는 곧이곧대로 믿었다. 흰 띠, 노란 띠를 거쳐 오렌지 벨트까지 땄는데 블랙 벨트인 내 스승님도 아직은 하늘을 날지 못하고 계셨다. 그 진실을 깨달은 날 실망하고 쿵푸를 그만뒀다.

여덟 살 때 나는 유학 중인 아빠를 따라 온 가족과 함께 잠깐 미국 오하이오주 콜럼버스시에 살았다. 그곳에서 공립 초등학교에 다녔는데, 흑인과 히스패닉 등 여러 인종이 섞여 있는 다

민족 학교였다. 전교에 한국인은 나 혼자였고 중국인 남자애들이 두세 명 있었다. 우리는 같은 황인종이라는 친숙함으로 뭉쳐 함께 파워레인저 놀이를 자주 했다. 시간이 갈수록 놀이는 차츰 폭력으로 번져 갔고 나는 늘 그들의 샌드백이 되었다. 설상가상으로, 왜소한 나에 비해 키도 크고 덩치도 컸던 흑인 소녀들은 툭하면 내 다리를 걸거나 머리를 때리면서 괴롭혔다. 그 와중에 늘 이상한 행동을 하고 이상한 소리를 내는 나를 담임이 좋아할 리가 없었다. 학교에는 불량 학생과 문제 아이들을 따로 모아서 교화하는 'Peak'라고 불리는 교실이 있었는데, 나는 항상 폭행당한 피해자 입장임에도 'Peak'에 보내졌다. 왜 그랬는지 지금도 이해는 잘 가지 않는다. 집에 가서 엄마에게 어눌해진 한국말로 말하곤 했다,

"엄마. 내가 Peak라는 곳에 갔는데 그곳은 'Jail in School(학교 안의 감옥)'이야. 근데 거기 있으면 오히려 혼자라 너무 좋아."

친구 하나 없는 동네에서 방에 처박혀 매일 연습장에 그림을 그리며 만화책을 출판하고 놀았다. 밖에 나가면 상상 속 가상의 친구를 만들어 "푸쉬 푸쉬!" 입으로 소리를 내면서 혼자서 일인다역을 하며 놀았다.

하루는 아빠의 친구 린다네 말 농장에 갔다. 넓고 푸른 초원에 쇠로 만든 울타리를 둘러놓은 곳이었다. 한시도 몸을 가만두지 않던 나였지만, 뛰어다니는 흰 말들을 본 그 순간만큼은 가만히 넋을 잃었다. 분명 철창을 짚고 서 있었는데, 나는 '깜빡'하는 순간 담장에 이마를 강하게 접촉했다. 다시 정신을 차려보니 바닥에 드러누워 있었다. 마치 내 신체가 공간을 이동한 것같이 느껴졌다. 기억에 처음으로 검은 공백이 생겼다.

그 울타리는 간헐적으로 전기가 들어오는 담장이었는데 다행히 고압은 아니었다. 나는 어리둥절해서 자리에서 바로 일어났다. 거대한 나무 옆에 있는 린다네 집에 들어가 엄마 아빠에게 방금 일어난 일에 대해 설명했다. 늘 말썽이 일상이라 크게 놀라지는 않으셨던 걸로 기억한다. 그 당시에는 몰랐지만 시간이 지나고 나서 그때 감전되었다는 사실을 알게 되었다. 자유롭게 뛰어다니는 말들을 보며 나는 무슨 생각을 했던 걸까. 그들의 힘과 자유로운 움직임이 부러웠던 걸까, 아니면 울타리에 갇힌 신세에 묘한 동질감을 느꼈던 걸까.

한국에 돌아온 나는 어느새 우리말을 전부 잊은 채였다. 친구들에게 욕부터 배웠다. 뜻도 모르고 선생님께 '개새끼'라고 말했다. 선생님께는 얻어맞았지만, 아이들 사이에서 나는 영웅이 되어 미국에 살다 왔다는 이유만으로 학급회장이 되었다. 그 이후 나의 돌발 행동은 날이 갈수록 심해졌다. 엉뚱한 행동을 할수록 나의 문화적 차이나 다름에 대한 양해가 생겼고, 선생님들은 나를 심하게 체벌했다. 아주 사소한 일로 선생님으로부터 목뒤를 꼬집히거나 엉덩이나 발바닥 그리고 머리를 수도 없이 맞았다. 나의 행동은 또래 친구들에게 환호를 받았지만 또한 많은 오해를 사기도 했다. '하고 싶은' 내면의 욕구와 '하지 말라'는 압력이 점점 심하게 충돌하고 있었다.

그 시절의 나는 학교에만 다녀오면 매일같이 엄마에게 불평했다고 한다.

"엄마, 애들이 다 이상해."

아이들은 나의 신발을 밟고도 미안하다고 하지 않았고 어깨를 치고 가 놓고 사과하는 법도 없었다. 물론 지금 봤을 때 교양 없는 행동들이지만, 나는 당시의 보편성과는 참 동떨어진 세상을 살고 있었던 것 같다. 나 빼고 모두가 이상하다고 말하고 다녔다고 하는데, 내가 제일 이상한 아이였던 건 아닐까?

점점 희미해져 버린, 무채색의 날들

내가 지냈던 중학교 시기는 치열한 외고 입시의 기간이었다. 어려서부터 만화가, 건축 디자이너, 영화감독이 되고 싶었는데, 이유도 영문도 모른 채 내 꿈과는 무관하게 당연히 외고 입시를 준비하고 있었다. 한시도 몸을 가만두지 않던 나는 당시에 모두가 그렇듯, 네 뼘도 안 되는 책상에 갇혀 흰 종이에 검은 글자만 들여다보고 있었다.

내가 다녔던 일산의 한 외고 입시 학원은 처음에는 한 층으로 시작해, 나중에는 5층 상가 건물 전체를 인수했다. 2년이 채 안 되는 기간에 일어난 일인데, 어느새 일산의 모든 외고 입시생이 거쳐 간 학원이 되었다. 나는 거기서도 수업 때 엉뚱한 답을 하곤 했다. 나를 재미있고 사소한 일탈의 현상으로 바라보던 아이들의 시선이 입시 시험일에 다가갈수록 점차 싸늘해져 갔다. 선생님들도 아이들도 나를 별난 애라고 불편해했다. 공부가 성격에 맞지 않았던 나는 자주 엎드려 망상에 빠지곤 했다.

희윤은 따분한 입시 생활 속에서도 게임 이야기를 하거나 수업 시간에 껌이나 지우개를 던질 수 있는 유일한 친구였는데, 어느 날엔가, 생각에 빠진 나에게 다가와 볼에 뽀뽀를 했다. 성적인 표현은 아니었는데, 이상하게 쑥스러워서 이야기를 다른 화제로 돌렸다. 학원의 동성 친구에게 "네가 여자였으면 좋겠다."고 하는 이야기를 들었던 날도 마찬가지로 쑥스러워서 화제를 돌렸지만, 남성성이 물씬 넘쳐 났던 시대에 어째서인지 그런 행동들과 말들이 칭찬처럼 들렸다. 나의 다름을 섬세하게 들여다봐 준 느낌이 들었던 것 같다.

한번은 이런 날도 있었다. 쉬는 시간에 나는 희윤과 함께 학원 지하실에 있는 어두운 전기실에 들어갔다. 우리는 거대한 전기 두꺼비집을 발견하고, 건물 전체의 전원을 내렸다. 다시 전기가 들어오기까지 상당한 패닉이 있었는데, 나는 학원의 책상들을 밟고 소리 지르며 뛰어다녔다. 그날 나는 학원을 그만뒀지만, 결국 몇 달 만에 항복하고 다시 돌아가 입시를 마저 준비했다.

외고에 합격한 후 치른 중3의 마지막 기말고사는 고입 성적에 반영되지 않았다. 나는 공부를 해서 몇몇 과목을 고의로 빵점을 맞았다. 체벌이 일상이었던 시절이었기에, 몇 대쯤 맞고 끝내더라도 입시에 대해 나름 복수의 한 방을 먹이고 싶었던 것 같다. 그냥, 그래 보고 싶었다.

당시 담임은 덩치가 큰 체육 교사였는데 빵점 사건이 있은 후 두 차례 반성문을 써 오게 시켰다. 나는 당시의 얕은 진심을 동원해 반성문을 썼지만, 친구들 앞에서 읽으면 모두가 폭소할 수밖에 없는 광대 같은 존재였기에 나의 반성문 읽기 시간은 예상과 다르게 우스꽝스러운 시간으로 흘러갔다. 분노한 담임은 나에게 엎드려뻗쳐를 시켰다. 당시 팔이 부러져 깁스를 하고 있던 나는 한 팔로 엎드려뻗쳐를 했다. 담임은 각목으로 내가 쓰러질 때까지 때리고 또 때렸다. 같은 층 아이들이 복도 창문에 매달려 내가 구타당하는 모습을 지켜봤다. 나뿐만 아니라 죄 없는 외고 합격생 서너 명이 함께 불려 나와 이유 없이 매 맞았다.

엄마 아빠는 이번만큼은 쉽게 넘어가지 않았다. 피멍이 든 엉덩이와 허벅지 사진을 촬영하고 학교에 찾아가 항의했다. 교장과 교감 그리고 담임이 부모님께 용서해 달라고 빌었다. 부모님은 사과를 받아들이고 넘어갔다. 하지만 그 누구도 나에게 사과한 적은 없었다. 담임은 나에게 교만에 대한 응징을 가르치고 싶으셨던 걸까? 그래도 그렇게까지 학생을 폭행해야 했을까?

당시에는 이해를 못 했지만, 어른이 된 지금 담임의 심정이 부분적으로 이해가 가기도 한다. 누구에게나 불편한 트라우마가 존재하고 이걸 '내면 아이'라고 부르는데, 내가 했던 행동들이 담임의 내면 아이를 건드리는 행위였을 수도 있을 테니까.

여하튼, 당시 그 사건이 있고 얼마 뒤 아파트 엘리베이터에서 담임을 마주쳤다. 엄마 아빠와 나 그리고 담임은 다 함께 당황해서 말을 잃었다. 알고 보니 담임은 예전부터 우리 집 두 층 아랫집에 살고 계셨다. 서로 아침에 나서는 시간이 달라 통 마주칠 일이 없었던 것이었다. 어색한 마주침의 시간을 가진 며칠 뒤, 담임은 이사를 갔다.

고등학교에 진학한 후 나는 더욱 겸손하고 얌전하고 온순해졌다. 전교에서 유일하게 희망 진로가 영화감독인 아이였다. 법대·의대·경영대를 꿈꾸는 아이들 사이에서 소외감을 느꼈고 성적은 바닥을 기었다. 동트기 전부터 자정까지 형광등 아래의 작은 책상에 갇히고 교복에 갇힌, 날마다 같은 표정을 짓고 있는 학생이 되어 있었다. 나의 색깔이 무엇인지 기억이 나질 않았다. 내 옆의 아이도 나와 같은 무채색이었다. 내가 왜 영화감독이 되고 싶었는지 기억이 나질 않았다.

그렇게 시간이 흘러, 나는 가라앉을 대로 가라앉은 자존심을 끌어올려 영화과에 진학했다. 다난한 군 생활을 거쳐 일상에 돌아왔을 땐 이미 나의 모습이 희미해져 잘 기억이 나지 않았다. 게다가 군대와도 같은 엄격한 영화 현장들을 몇 번 경험하고 나서 더는 영화를 해야 할 이유도 의미도 찾지 못해 그만둘 생각까지 하고 있었다. 대학을 휴학하고 지내던 때, 그런 나를 찾아온 선물과 같은 '춤'의 세계로 피난을 가게 되었다.

오해를 뚫고 기쁨에 다가가는 벅찬 순간

함께 춤을 꿈꾸는 여러 동료를 만나 무용홀에서 뒹굴며 나의 춤 실력은 조금씩 늘어갔다. 모두가 말로만 '꿈을 꾸라.'고 하고, 정작 현실에서는 눈에 띄지 않게 '가만히 있으라.'고 하는 사회의 이율배반적인 요구에 나 또한 어느새 길들어 있었다. 하지만 춤을 출 때만큼은 아니었다. 나의 몸을 저 높은 천장까지 뻗고 휘둘러도 아무도 나를 판단하는 사람이 없었다. 이쪽저쪽 내 신체가 뻗을 때마다 나의 정신 역시 저 멀리 날아다녔다. 기뻤다. 더는 좁은 사각형 안에 갇히지 않은 느낌이었다.

갈수록 춤에 대해 아는 게 많아지고 보는 눈이 높아지다 보

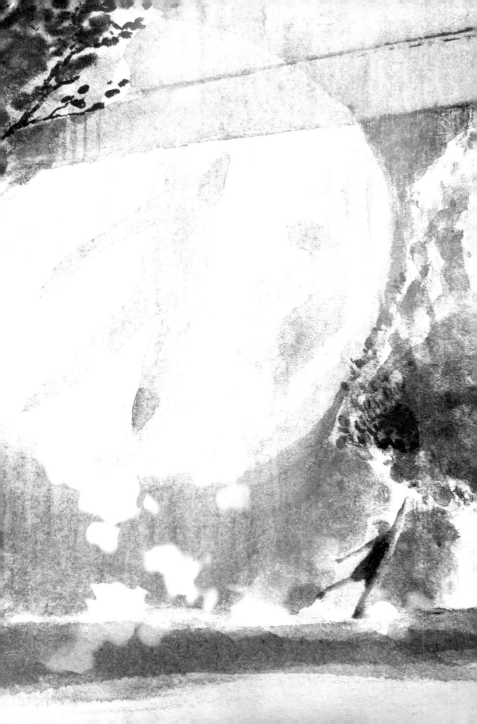

니 나중에는 큰 실망과 좌절도 따라왔다. 그래도 무용수로 무대에 서 보기까지 하면서 처음으로 나의 진짜 모습을 되찾아 가는 기분이 들었다. 잊고 지낸 어린 시절 나의 본모습을 다시 마주하는 느낌이 들었다. 바보 같고 실수도 하고 어리석었지만 마음 가는 대로 몸을 움직였던 순수했던 그 시절 나의 모습으로 돌아갔다. 춤은 나를 구원했다.

어느덧 휴학의 한도가 찼고, 이제 더는 졸업 작품을 외면할 수 없는 시기가 되었다. 영화 진로에 승부수를 던지든지, 포기하고 춤의 세계에 어중간하게 들어갈지 선택할 갈림길에 선 것이다. 한참을 고민하던 나는 단순하게 양자택일의 문제가 아니라는 생각이 들어서, 나 자신에게 조건을 걸었다,

"진실된 영화를 찍자."

영화과 교수님들이 늘 하시는 말씀이 있다,

"졸업 작품은 너희가 극장에서 상영하는 처음이자 마지막 영화일 가능성이 높다."

한마디로 이것은 예술적 유언이자 유작이었다. 내가 모르는 이야기를 영화라는 수단으로 배설하고 싶지가 않았다. 정직하고 담백하게, 내가 잘 아는 단순한 이야기를 만들어 보기로 했

다. 이것마저 솔직하지 못하면 나의 춤의 여정을 배신하는 것이라고 생각했다.

나는 해결되지 못한 나의 어린 시절 이야기를 춤이라는 언어를 통해 풀어 보기로 했다. 유작이라면 마지막으로 솔직한 한마디를 내뱉어야 하는 거니까. 졸업 후 나의 행보는 하늘의 운명에 맡기자고 생각했다. 나를 구원한 춤의 기쁨에 대한 예배 행위를 시작했다.

시나리오를 준비하며 내가 왜 뒤늦게 춤이라는 움직임에 집착을 했는지 곰곰이 생각해 봤다. 엄마는 한여름인 유월에 나를 낳으시고 전신경화증이라는 불치병에 걸렸다. 유전병은 아니고, 극심한 스트레스로 발현되는 희귀한 질환이다. 엄마는 참 꿈도 많고 활달하던 소녀였는데 나 때문에 몸과 마음의 감옥에 갇혔다. 높은 이상과 달리 현실의 벽이 크고 높게 느껴지는 삶을 살았던 것이다.

늘 엄마에 대한 미안함과 죄책감이 있었다. 내가 태어나지 않았더라면 엄마는 조금 더 자유롭게 살아갈 수 있지 않았을까? 하지만 엄마는 나의 존재를 기쁨이라고 생각하시는 것 같다. 나는 엄마가 자유롭게 움직이지 못하고 항상 무언가에 쫓기듯 편안하게 호흡하지 못하는 모습을 지켜보면서, 이렇게 육

체적으로 정신적으로 묶여 있는 현상이 나에게도 많은 부분 상속되었다고 느꼈고 나의 대에서 끊어 내고 싶다고 생각했다.

예전에 스크랩해 놨던 기사 중에 '제인(Jane Avril)'이라는 여성이 한시도 몸을 가만두지 않고 움직이는 신경성 증상, 헌팅턴 무도증에 걸렸다는 글을 발견했다. 부모님은 그에게 무용을 가르쳤고, 춤을 통해 몸을 다스리면서 병을 극복하게 되었다는 내용이었다. 이토록 '춤'이나 '움직임'에는 자유에 대한 원초적인 욕구와 사람의 천부적인 권리에 대한 내용이 담겨 있다. 나는 이 기사를 참고하여, 몸을 마구 움직이는 현상이 재앙과 같이 전염되는 가상의 질병인 '집단 무용증'을 구체화하게 되었다. 그렇게 움직이는 현상의 이면에는 어떤 배경이 있을지 나 자신과 주변을 돌아보기 시작했다.

소재만 정해진 가운데 고민하던 중, 주일에 목사님께서 설교한 성경 구절이 영감을 줬다.

> 이 날은 우리 주께 거룩한 날이니라. 너희는 또한 슬퍼하지 말라. 주의 기쁨이 너희의 힘이니라.
>
> – 느헤미야 8:10 (KJV흠정역)

바벨론 포로 생활에서 풀려난 이스라엘 백성들이 성벽을 재건한 후에 율법을 듣다가 울자, 기쁜 날인데 왜 우냐고 위로하는 장면이다. "Do not sorrow, for the joy of the Lord is your strength." 나는 여기에서 힌트를 얻어 '누군가에게는 재앙과 같이 여겨지는 정체불명의 현상이, 실은 그 본질이 기쁨일 수도 있지 않을까?'라는 생각을 하게 되었다. 즉, 내가 만든 가상의 전염성 질병인 '집단 무용증'은 재앙이 아니라, 기쁨의 춤이 퍼져 나가는 모두의 성장통이었다.

이 시점에 자연스럽게 '유월'이라는 키워드가 떠올랐다. 내가 유월생이라서 그랬던 건지……. 주인공 캐릭터를 만드는 데 유월절 사건이 모티브가 되었다. 유월절은 이스라엘 백성이 노예로 지냈던 이집트에서 탈출한 일을 기념하는 날이다. 천사가 밤중에 이집트의 각 집 맏아들을 죽이는 심판을 할 때, 문설주에 어린양의 피를 바른 이스라엘 백성들 집은 그대로 넘어가서 재앙을 당하지 않았다는 기념일이다.

대개 좀비 영화 장르가 갖는 클리셰 중에 주인공 또는 가까운 주변 인물에게 바이러스에 대한 면역력이 있다는 설정이 있다. 내 작품에서 주인공은 평소에 몸을 단 한 순간도 가만두지 않고 춤을 추는 소년인데, '마치 좀비 바이러스에 대한 항체가 있듯이, 댄스 바이러스에 대한 항체가 있지 않을까?'라는 생각이 떠올랐다. 왜냐하면 문설주에 어린양의 피를 둘렀듯이, 이 소년은 평소 온몸에 춤이라는 기쁨을 두르고 있기 때문이다. 처음에는 재앙같이 퍼지던 이상한 움직임이, 오해를 뚫고 기쁨의 춤이라는 본질을 이해받게 되는 장면에 도달하는 영화였다. 경험과 영감과 낭만을 합쳐 나의 졸업 작품 〈유월〉의 줄거리가 완성되었다.

내 마음에 닿은 아주 작은 무지개

소년 유월이 교실 한가운데 짝꿍 없이 홀로 앉아 기괴한 춤 동작을 하며 영화가 시작된다. 오프닝 장면에 해당하는 시나리오 첫 문장부터 경험을 토대로 술술 써 내려갔지만, 쉬운 일은 아니었다. 비유나 은유가 아닌 실제로 내가 겪었던 일들이었기 때문이다. 선생님의 지시로 홀로 동떨어진 책상에 앉아 있던 시공간의 차갑고 수치스러운 기억들이 떠올라 마음이 아팠다.

영화를 준비하며 캐스팅부터 연습 과정 그리고 스태프 구성과 학교 로케이션 헌팅 등 뭐 하나 쉬운 일이 없었고 학생이라 예산과 인프라도 부족했다. 하지만 무엇보다 마음을 가장 어렵게 한 것은 다름 아닌 소년 유월을 마주하는 시간이었다.

영화 초반에 담임 선생 혜림은 소년 유월의 행동을 통제하고, 벌칙을 주며, 자리에 밀친다. 정도의 차이는 있지만 하나같이 내가 성장하며 직간접적으로 경험한 일들이다. 그런 장면들을 연출하려다 보니, 실제 촬영 중에 자리에 밀쳐진 유월 역할의 배우가 책상에 입술을 부딪쳐 찢어지는 부상을 당하기도 했다. 뙤약볕 아래 벌칙으로 운동장을 달리는 장면에서는 한여름의 더위에 거의 실신할 뻔했다.

작가 자신의 모습이 많이 투영된 주인공이 극 중에서 고통받는 모습을 지켜보는 건 괴로운 일이다. 하지만 몸을 가만두지 못하고 꿈틀꿈틀 움직이는 소년의 모습에서 차츰 내가 본능적으로 춤을 향해 나아갔던 여정이 떠올랐다. 여름 방학 때 무용 학원의 거울 앞에 마주했던 나……. 그 여정을 거슬러 올라가다 보면 타고났던 나의 첫 모습, 기운차고 긍정적이고 움직이길 좋아하던 태초의 모습이 나를 기다리고 있었다.

나는 유월로 대변되는, 학교에서 고통받는 아이가, 자유롭고 드넓은 푸른 운동장에서 뛰노는 장면까지 도달하게 만들고 싶었다. 하지만 이상까지 도달하게 만드는 것은 절대 쉽지만은 않은 일인 것 같다. 정적인 일상 속에서 '집단 무용중' 즉 댄스 바이러스가 학교와 지역 사회 곳곳에 퍼져 나가기 시작할 때, 작은 희열감을 느끼다가…… 제동이 걸렸다. 본격적으로 영화 속의 삭막한 현실을 춤과 음악으로 무너뜨리기도 전에 프로덕션에 크고 작은 어려움이 닥쳤다.

촬영 중 담임 선생님 역할의 배우가 아팠다. 몸에서 고열이 나더니 어지럼증을 호소하고 구토를 했다. 병원의 진단에 의하면 뇌수막염의 증세와 같다는 소견을 들었다. 그뿐 아니라 준비 과정에서 안무 감독들, 헤드 스태프들 등 많은 사람들이 한여름의 뜨거운 열기와 스트레스를 감당하지 못하고 냉방병에 걸려 앓아눕기도 했다. 눈치 없게 감독인 나만 제일 건강하고 열정적이었다. 가뜩이나 영화 촬영이라는 건 갖가지 민폐 끼침의 연속인데, 더욱 가시방석에 앉은 기분이었다. 결국 배우의 증세 완화를 기다리며 촬영을 일시 중단했다.

들뜬 마음으로 왁자지껄 촬영하다가 갑자기 텅 비어 버린 학교의 복도는 대리석처럼 서늘했다. 시간이 흘러 영화의 촬영지인 덕은초등학교와 덕양중학교의 개학일이 다가오고 있었다. 로케이션의 특성상 개학 후에는 촬영이 어려운 일정이었다. 더군다나 캐스트 대부분이 학생들이었으니, 그들의 개학 일정 또한 문제였고, 모두의 촬영 일정을 맞추는 것도 사실상 불가능했다.

'이거 진짜 큰일이네. 나랑 학교는 이렇게 운이 없나.'

만약 개학 전까지 다 찍지 못하면 그때는 내가 바이러스에 걸린 좀비처럼 학교에 남아 있을 수도 없고……. 단편영화 현장에서 흔치 않은 '영화가 엎어진다.'는 표현이 처음으로 코앞으로 다가왔다. 대책 회의를 열어 즉석에서 시나리오를 수정하면서 담임 선생님 역할의 등장 장면을 축소하고 일정을 요리조리 꿰맞췄다. 하지만 새로운 일정상으로도 배우가 일주일 안에 회복하지 않으면 촬영을 정말 엎어야 할 수도 있는 상황이었다.

소년 유월은 시선을 신경 쓰지 않고 움직였고, 규칙을 깼으며, 집단 무용중의 원흉으로 지목을 받아 도망가기 시작했지만, 그다음으로는 넘어가지 못했다. 모두의 이해를 구하고 다 함께 진정한 춤의 공간인 열린 운동장으로 나가야 하는데……. 아직 종합의 세계로 향하지 못했는데……. 이렇게 허무하게 막을 내리는 것 같았다. 그동안 들인 노력과 시간의 비용을 떠나서 나의 존재가 거부당하는 기분이 들었다. 나도 모르게 속으로 이

런 기도가 나왔다,

"이 영화는 진심이 모여서 만든 춤의 기쁨에 대한 예배 행위입니다. 잃어버린 무지개 색깔을 되찾아 가는 사람들에 대한 영화입니다. 만약 받아 주신다면 하늘에 무지개를 띄워 주세요."

당시에도 속으로 말해 놓고도 어이없는 요구라고 생각했다. 절박함 때문에 그냥 말이 나오는 대로 칭얼댄 것 같다.

담임 선생님 역할의 배우를 빼고 촬영이 재개되었다. 학교에서 집단 무용증에 감염된 정원사가 호스로 사방에 물을 뿌리는 장면이었다. 운동장 반대편에 있는 수돗가에서 호스를 끌어와 촬영하고 있었는데 여러 호스를 연결해서 사용하다 보니 중간에 호스가 터졌다. 스태프들이 달라붙어 터진 호스를 막느라 정신이 없었다. 실은 전날 밤에도 한 헤드 스태프에게 꾸중을 들어서 자존감이 낮아질 대로 낮아진 상황이었다. '사고가 끝도 없구나.' 생각하던 와중에, 분수처럼 물이 뿜어져 나오고 있던 호스에, 그곳에 내 눈에만 보이는 아주 작은 무지개가 피었다. 무지개는 작지만 선명하게 빨주노초파남보 색깔이 떠 있었다.

순간 눈물이 핑 돌았다. 나의 무너진 마음에 닿은 아주 작은 무지개였다. 그러고 나서 웃음이 나왔다. 마치 유쾌한 응답을

들은 것 같아서 실제로 혼자서 웃음을 터뜨렸다. 내가 고군분투하는 게 아주 무의미한 혼잣말은 아니었다는 생각이 들어 위로가 되었다. 그냥 그렇게 믿고 싶었다. 곁에 있던 스태프가 나에게 다가와 왜 웃고 있냐고 물어봤다. 나는 가만히 무지개를 가리키며 영상으로 기록해 두었다.

담임 선생님 역할의 배우는 뇌수막염이 아닌 극심한 냉방병 증상으로 밝혀졌고 다행히 금세 회복했다. 결국에 소년 유월이 담임 선생 혜림과 반 아이들을 포함한 모두를 자유의 춤으로 이끄는 데 성공했다. 모두가 다른 색깔의 티셔츠를 입었고, 모두의 생김새도 달랐으며, 움직임의 느낌도 달랐다. 영화에 등장하는 모든 인물이 단 한 명도 빠짐없이 춤을 췄다. 그리고 어느 때보다도 시원하고 청량한 여름 날씨가 찾아와서 오히려 일정이 밀린 게 다행인 상황이 되었다. 하늘이 깊고 푸르러서 아이들의 무지개 색깔 의상이 더 빛났다.

영화 속 아이들은 처음에는 색깔을 잃은 채 존재하지만 한바탕 불어닥친 춤 전염병 현상을 겪고 나서, 모두 같이 기쁨의 춤을 추며 잃었던 자기만의 색깔을 되찾는다. 나도 어린 시절에 총천연색이었던 것 같은데, 커 가면서 그 색을 잃었던 것 같다. 이제는 나의 색깔을 잃게 만든 사람들을 마냥 미워하고 원망하지만은 않는다. 그 덕에 갖게 된 오늘 나의 모습을 더 받아들이고 더 사랑하게 된 것 같다.

지금의 나는 어떤 색일까.

아마 여러 색깔 여러 빛깔이 골고루 섞인, 은은한 파스텔톤이지 않을까.

관심이 필요했던 꼬마 병윤이에게

잘 지내? 그리워. 보고 싶다.

실은 난 기억력이 별로 안 좋아서 네 모습이 흐릿해. 아니면 워낙 흑역사가 많아서 내 정신이 의도적으로 지운 걸지도 모르겠다. 날것의 네 모습이 어땠는지 더 알고 싶고 기억해 내서 붙잡고 싶거든.

끊임없이 네 모습과 연결되고 싶나 봐.

그래서 지금도 난 호수공원을 돌기도 하고 그때 살던 골목들을 종종 걷곤 해. 여전히 동위랑 재현이랑도 사이 좋게 지내고 있어. 물론 두 사람의 관계는 이전과 같지는 않지만 말이야. 언젠가는 하늘나라에 가기 전에 서로를 받아들이고 용서할 날이 오겠지.

그토록 바라던 영화감독이 되었음에도 내가 하고 싶어서 이 길을 걷는 건지, 아니면 어쩌다 보니 생계를 위해 붙잡고 사는 건지 아직도 헷갈려. 앞으로 달려가기만 하면 될 것 같았는데, 모든 게 내 목표를 가로막기만 하는 것 같았는데, 지금은 오히려 그렇게 앞으로 달려가던 어리석은 네 모습을 그리며 지내고 있어.

내가 바라던 건 결과가 아니라 과정에 있었나 봐.

그러니 출발선 뒤에 있을 때 마음껏 꿈꾸고 사랑하기를.

자신을 사랑하고 이웃도 사랑하기를.

관심을 받는 게 아니라 관심이 필요한 곳에 더 귀 기
울이는 사람이 되기를 응원해.

안녕.

각자의 그늘 아래서

여름은 언제나 요란했던 것 같다. 브라운관 속 펼쳐지는 여름날의 풍경들은 가끔 TV 바깥의 생생한 더위보다도 더 여름이라는 계절을 느끼게 해 주었던 것 같다.

하계올림픽의 성대한 개막식 중계라든지, 폭염에 달궈진 자동차 보닛 위에서 계란프라이 하는 실험 따위를 한다든지, 밭일하는 고령자들을 인터뷰하고, 선풍기를 켜 놓고 잠들어 사고를 당했다는 어떤 이의 안타까운 사연, 열대야에 강변에 자리 잡은 사람들의 모습과, 속보로 전해지던 독재자의 죽음 같은 것들.

이토록 유난한 여름의 풍경들을 구태여 보태진 않았지만, 대신 그 안에 자리했을 각자의 풍경들을 그려 본다. 빨간 후미등이 걸려 있었을 한강 다리 위, 등나무 있던 교정, 볕이 지글거리는 운동장에 노니는 친구들을 멀찍이 바라보기만 했을 학창 시절, 수성못의 남자아이들, 어쩌면 달빛을 스포트라이트 삼아 춤추었을 유년, 숲길을 달리던 버스, 남쪽의 푸른 바다들.

여덟 편의 우리의 기억들이 여름 나무처럼 풍성해지고, 그만큼의 그늘이 지어 그 안에서 시원한 바람 맞으며 웃으며 휴식할 수 있기를.

초여름 어느 공원 벤치 그늘 아래서,

양양

우리 지금, 썸머
나의 여름 방학 이야기

1판 1쇄 발행   2022년 05월 30일
1판 3쇄 발행   2023년 05월 30일

지은이   김다은 장경혜 류시은 박산호 이현석 박다해 하고운 이병윤

그린이   양양
편집   이혜재
디자인   MALLYBOOK 최윤선, 정효진
제작   세걸음

펴낸이   이혜재
펴낸곳   책폴
출판등록 제2021-000034호(2021년 3월 15일)
전화   031-947-9390
팩스   0303-3447-9390
전자우편 jumping_books@naver.com

© 김다은 장경혜 류시은 박산호 이현석 박다해 하고운 이병윤, 2022

ISBN 979-11-976267-3-9 (03810)

너와 나, 작고 큰 꿈을 안고 책으로 폴짝 빠져드는 순간
책폴

블로그   blog.naver.com/jumping_books
인스타그램 @jumping_books